漱石漫談

河出書房新社

はじめに――「文芸漫談」とは?

奥泉――皆さん、こんにちは。奥泉光です。文芸漫談にようこそ。

いとう――いつもの舞台上の挨拶からはじまりましたね。いとうせいこうです。よろしくお願いします。

奥泉――まずは文芸漫談について説明しましょうか。

いとう――そうだね。僕らのことを初めて知った人もいるだろうし。

奥泉――僕らは年に数回、「文芸漫談」というライブイベントを東京で行なっています。最近はお呼ばれも多くて、地方巡業も増えてきたけれど。もう四十回くらいやっていますが、そもそもは、たぶん今からもう十五年くらい前かな。真面目に読まなければならない、と思われている小説、文学について、楽しく、面白くいとうさんと僕で語ろうという企画で。

いとう――ひとつの文学作品を決めて二人であああだこうだ語り合ってみようという企画です。たとえば、谷崎潤一郎の『春琴抄』やカミュの『異邦人』とか。その作品の構造や比喩について、二人で、打ち合わせなしに自由にライブで話す。

奥泉――最初は薄い文庫の本を扱うって縛りだったんだよね。

いとう——そうそう、そういう決まりがあった。自分たちも分厚い本を読み解くのは大変だし、お客さんも読んでこれないから。

奥泉——だからせいぜいカフカの『変身』くらいだった。でもそのうち、だんだんその制約がなくなってきちゃって、いまや途轍もなく長い作品も扱ってる。

いとう——この本に登場する『吾輩は猫である』とかね。数々の文芸漫談のライブの中でも、特に漱石は人気があった。お客さんも多くて。でもやっぱり奥泉さんにとって、漱石は特別な作家だし、そう軽々しくは語れないっていう思いが最初はあったんですよね。

奥泉——ですね。これに収録されている『坊っちゃん』が初期の頃で、それ以来長らく漱石作品はやってなかったんですよね。

いとう——それがあるときからバタバタバタバタって増えて。

奥泉——漱石生誕百五十年とか没後百年とかで頼まれる機会が多くなって。この本には八作品収録されていますが、こんなにやっていたのか、と驚きました。

　この漫談をやっていると、僕は「小説を読む」ことの自由さ、広がりをいつも感じます。そこが文芸漫談の真髄だと思うんですよね。ひとりで本と向き合うのとは違って、たえずいろんなところに意識を配っている感じが楽しい。

いとう——ステージだからかもしれませんね。ライブは二人で事前の打ち合わせは特になくて、ほとんどぶっつけ本番でやってますが、お客さんの反応は二人とも常に見ている。ここは食いついてるけどここはいまいち受けが悪い、だから変えてみようとか。奥泉さんが今、何か言いたそうだとか、音楽のセッションをしている感じ。

奥泉――そうそう。小説を読む行為って、ひとりで本に向かい合う、という行為だけでなく、その小説について語ることとか、その小説について人に面白さを伝えることとかを含めてもいいと僕は思うんです。文芸漫談は、いとうさんの方向、お客さんの方向、テキストの方向、といった具合に多方向に意識が動いていく。この動きそのものが小説を読むという経験になってるんですよね。

いとう――なるほど。ということは、これから始まるこの本も、奥泉さんはなんでこんなことを急に言ったんだろうとか、いとうはここでなんでボケたんだろうとか、本当は小説のように読まれてもいいかもしれませんね。ライブを字にしているんだから、実はこれも小説みたいなフィクション性がある。論文だと、一つの意識で一つの方向を向いて、ちゃんと論理に従って書かなきゃいけないものなんだけど、小説というのはもっとマルチな視線で書かれるものだしね。

奥泉――マルチだし、適当でいいってこと（笑）。名作とされているものでも、**そんなにマジメに読まなくていい！**

いとう――そうそう、適当で（笑）。読んでる途中、の状態でもOKなんだよね。その読んでる間に自分が数日間過ごしてきた時間も、奥泉説によれば小説。体験も小説に含まれるんだから、と。

奥泉――だから、この本もそういう楽な気持ちで楽しんでもらえたらと思います。漱石だろうが誰だろうが、小説読むのにかしこまる必要は全然ないので。

いとう――そうですね。ひとつよろしくお願いします。

漱石漫談　目次

夏目漱石　略年譜

年	出来事	主な発表作品
1867 （慶応3）	江戸牛込馬場下横町（現在の東京都新宿区）で誕生。	
1890 （明治23）	帝国大学文科大学英文学科に入学。	
1893 （明治26）	帝国大学卒業、大学院に進学。	
1895 （明治28）	愛媛県尋常中学校（松山）に赴任。	
1896 （明治29）	熊本第五高等学校に講師として赴任。結婚。	
1900 （明治33）	英国留学へ。神経衰弱になる。	
1902 （明治35）	帰国。	
1905 （明治38）		**「吾輩は猫である」**短編「倫敦塔」「一夜」「琴のそら音」など
1906 （明治39）		**「坊っちゃん」「草枕」**「二百十日」
1907 （明治40）	朝日新聞社入社。	「野分」「虞美人草」
1908 （明治41）		**「坑夫」**「文鳥」「夢十夜」**「三四郎」**
1909 （明治42）		「永日小品」「それから」「満韓ところどころ」
1910 （明治43）	修善寺温泉で吐血。	**「門」**「思い出す事など」
1912 （明治45・大正元）		「彼岸過迄」**「行人」**
1914 （大正3）		**「こころ」**「私の個人主義」
1915 （大正4）		「硝子戸の中」「道草」
1916 （大正5）	死去。	「明暗」（未完、絶筆）

※太字は本書で紹介する作品です

漱石漫談

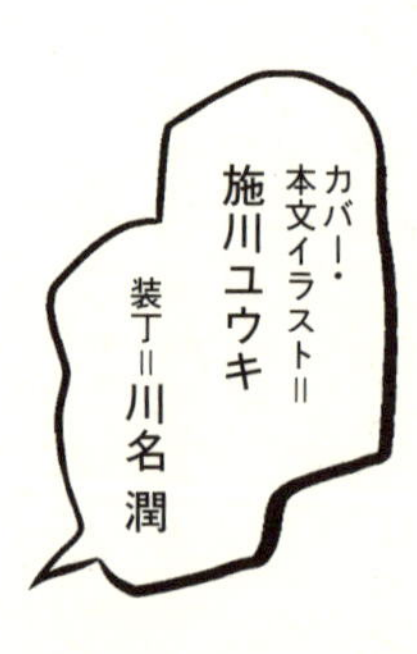
カバー・本文イラスト＝施川ユウキ
装丁＝川名 潤

鮮血飛び散る
過剰スプラッター小説

『こころ』

二〇一三年九月二七日
成城ホール

『こころ』…やりきれないというか悲しい話だよね
わかる…
私もこんな風にはなりたくないって思った…

一九一四年（大正三）「朝日新聞」に連載された長編小説。
「先生と私」「両親と私」「先生と遺書」の三部から構成される。
大学生の「私」が「先生」に出会って心惹かれるが、先生は自殺。
その遺書から、親友を裏切った先生の過去が明らかになっていく。

奥泉――皆さん、こんにちは。今回は文芸漫談史上、最大の難関といえる夏目漱石の『こころ』を取り上げます。場所も成城ホールと、いつもの下北沢の北沢タウンホールではないので、ちょっと雰囲気が違いますね。

いとう――いや、たいして変わらない気が（笑）。いつも来てくれるリピーターの観客の皆さんもたくさんいますし。満を持しての『こころ』となりました。

奥泉――本題に入る前に、いとうさん、最近はどうですか？　小説をよく書いているみたいですけど。

いとう――十六年間、書いていなかったわけですから、[*]まるで地震の「プレートテクトニクス理論」と同じです。

奥泉――は？

いとう――二つのプレートの一方にもう一方が潜っていき、ある場所まで来たらばーんとはねる。ああした勢いのままにしばし小説を書いていました。今は正直、少し飽きてきた（笑）。ひとつの山をクリアしたというべきか。

＊　二〇一三年一月発売の文芸誌「文藝」で、十六年ぶりの新作小説『想像ラジオ』を発表。

奥泉——飽きるの早いな。僕は七月の末ぐらいに「すばる」で連載していた小説『東京自叙伝』[*]がほぼ完結したんです。それが一段落して、八月からまた新しい仕事に取りかかるべく、勉強しようかと。

いとう——立て続けですね。

奥泉——でも八月中に書き始めるのは無理でしたね。暑かったし。このまま十六年間書けなかったらと、一瞬不安になったりして(笑)。

いとう——この年齢からだと相当のことですよ。危険。

奥泉——しかも、夏の終わりにスズメバチに刺されちゃったんですよ。ベランダで洗濯物を取り込もうとしたら、ブーンという音を聞いた気はしたんです。でもあまり気にしないで、すっと洗濯物に手を伸ばした瞬間、人さし指にバチンと。

いとう——洗濯物に手を伸ばしたのを攻撃とみなされて、迎撃ミサイルが飛んできたんですね。

奥泉——蛇口から水をばあーっと出して、毒液を搾り出して。それでも相当腫れて、十日間ほどは痛かったですね。

いとう——スズメバチは二度目が危ないって聞きますよ。アナフィラキシー症候群になるとか。

奥泉——ですね。次回が危ない(笑)。って笑いごとじゃないかも。それにしても猫ですよ。うちの猫。やつはベランダにいて、蜂に気づいていたはずなのに全然注意してくれないんだよね。しばらく布団で安静にしていたら、セミをとってお見舞いに来てくれましたけど。

いとう——ちなみに僕が最近書いたのは『鼻に挟み撃ち』[**]というものですが、これ、後藤明生(めいせい)へのトリビュート中編[***]です。そして、後藤さんには『蜂アカデミーへの報告』という有名な作品がありますね。蜂にどんどん巣を作られてしまう男の話。

奥泉――そうそう。ああなってはまずいと、安静にしたあとベランダをよく検分しました。すると巣が出来始めていて、十数匹集まっていた！　そこで虫退治のスプレーを持ってきて、怒りにまかせてプシューっと。

いとう――憎しみには憎しみを。暴力に民族対立的な根深さが生まれた瞬間だ（笑）。

奥泉――そうしたらまたブーンと襲ってきて、あわてて逃げたり。そんなさんざんな目にあった夏でした。で、いよいよ本題に近づこうと思うんですが、この夏は山形の実家で法事をしたんです。父親の二十七回忌だったんですが、あわせてもう誰かもわからない先祖の百回忌法要も行なった。

いとう――他の人のも一緒に？

奥泉――そう、死んで百年の遠い先祖。寺の資料によれば、その人の没年は一九一二年。**なんと『こころ』の先生と同じ！**

いとう――強引に本題に結びつけましたね（笑）。そしてそれは乃木大将が殉死した年でもあると。

奥泉――先生ってけっこう昔の人なんですね。

*　二〇一四年五月に集英社より刊行。
**　二〇一四年五月に『鼻に挟み撃ち　他三編』の表題作として集英社より刊行。
***　いとうさんは二代目後藤明生を自称していますが、僕といとうさんも編集委員をつとめる『後藤明生コレクション』が国書刊行会から出つつあります。（奥泉）

いとう――では、先生の百回忌法要をかねて、『こころ』を読んでいきましょう。

◉『遺書』は原稿用紙二百枚分

奥泉――ところで、いとうさん、『こころ』はどうですか?

いとう――今日は、奥泉さんがなんとかしてくれるだろうという精神で来ました。実は漱石作品の中で『こころ』はものすごく苦手なんです。他の作品は、たとえあの逼塞(ひっそく)した夫婦の物語である『門』(→一七三ページ)でさえ、ユーモアがあります。でも僕は『こころ』にユーモアを感じたことがない。

奥泉――ですね。

いとう――あれ? 奥泉さんは楽屋で「大丈夫」って言ってませんでした? (笑)

奥泉――いちおう言っておいたの(笑)。実際ユーモアという点ではそうなんだけど、でも細かく読んでみると、非常にいびつで、そこが面白い。本作は上・中・下と三部に分かれていますね。上と中の部分が、大学生の「私」による一人称語り、そして下が「先生と遺書」の有名な部分です。

いとう――下は、先生からの遺書という形式になっていて、語り手は先生です。

奥泉――上を読んでいるときは、これはまずいぞ、つまらないぞと。でもこのつまらなさは、**一種、ネタバレしたミステリーを読むときのものと同じ**だと気づきました。どういうことかというと、われわれの世代は子供のときに読まされたことがあって、ストーリーをなんとなく知っています。友達を裏切った罪の意識があって、そのせいで暗くなっている先生がいて、最後は自殺するんだよなあと。でも、もし何も知らずに初読したとしたらどうか。先生がせっせと墓参りする故人は誰だろうとか、この夫婦には何があったのかなと、いろいろ想像したはず。漱石はけっこう謎で読者を引っぱっている。

いとう――なるほど、その側面はある。

奥泉――しかし残念なことに、**もう国民的にネタバレしてます**からね。

いとう――『こころ』について、「ネタバレやめてください!」とは、ツイッターでも書けないよね。みんな、先生がどうなるか知ってるから。

奥泉――今のミステリー界で、こんなネタバレをさせようものなら、[*] 推理作家協会の重鎮である北方謙三さんから刺客が送られてくるよ。

いとう――危ない(笑)。たしかに、で、テクニカルな面についてだけど、漱石としては珍しいぐらいに、**〈私は淋(さび)しい人間です〉**とか意味深長なことを先生に言わせたり、**〈私は今この悲劇について何事も語らない〉**と「私」に言わせたりして、謎めかして謎めかして、読者を引っぱってますね。

奥泉――そう。でもネタバレしているから、今の読者はそれで引っぱられない。だから「つまんないな」と思ってしまう。それに、下の、先生からの手紙もやっぱり変ですよ。

いとう――「先生と遺書」のパートね。

* 本当に面白いミステリーは、ネタバレしていても面白いというのが僕の自論だが。(奥泉)

奥泉――でも文芸漫談的には、「変」というのは評価が高いポイントでもあるよね。なにしろ、ここはパワーがある。今回改めて読むと、先生の人物像についてなんとなく記憶していた、親友を裏切った罪ゆえに暗くなってしまった男、というのが本当にそうなのかどうか、疑問が募ってきます。そこが面白い。

いとう――僕はひと言でいえば、この小説はアンバランスだと思います。漱石は『それから』や『門』といった作品のあとで『こころ』を書いています。ほぼ晩年に近い頃の作品ですね。

奥泉――『こころ』のあととなると、『道草』と『明暗』ぐらい。

いとう――しかし虚心坦懐に読めば、まるで作家の初期作品みたいです。**今、作家がこれを書けば、遺書部分が長すぎると編集者に言われて、書き直しさせられる**んじゃないかな。それぐらい下のパートが、バランスを欠いている。熱量が高すぎる。漱石はこの遺書部分だけ書きたかったという感じ。しかしその書簡体小説のみが残されたら、異様な作品だったでしょう。

奥泉――もともとの構想はそうだったみたいですけどね。で、やっぱり僕は遺書がいちばん面白く読めた。ここまで読み進んでくると、上、中の退屈さは許される退屈さに思えてきました。ここらあたりはむしろ退屈でいいんじゃないかな、と。

いとう――あれ？　結論が出ちゃいましたね。文芸漫談上も、またネタバレで。

奥泉――退屈さをむしろ楽しみたい。**そもそも退屈さあってこその小説だ、**とも言えるし。

いとう――僕は『こころ』を「漱石の失敗作」と呼びたい。でも、だからすごいとも思う。これだけ書き慣れた作家が、自分を失って、最後の遺書部分をあれほど強く書いてしまう。先生自身に、話が長くなるからこのへんでよしておきましょうなんて言わせてしまう一文もあります。漱石の気持ち以外のなにものでもない。しかも、遺書は半紙で包まれて書留で届いたとありますが、これ、すごい分量ですよね。

奥泉――そう。四つ折りになったのをさっと懐に入れたと、中の最後のほうにあります。でも入るわけないよね。原稿用紙にして二百枚相当だっていいますからね。

いとう――漱石作品の中でもっとも辛気くさく、もっともバランスを欠いた失敗作を、なぜ現代国語教育の現場では教科書に掲載したのか。* そもそも色恋沙汰だし、この年齢になって読み返したら、当時とは違っていろいろ理解できましたという作品でもなかった。近代的な自我がどうこうというのも、説得力がない。『こころ』が選ばれたというのは不思議です。

◉BL小説としての『こころ』

いとう――そもそも、この作品の出だしは**完全にBL**（ボーイズ・ラブ）でしょう。

奥泉――そう。まさにBL。

いとう――冒頭は〈**私**（わたくし）**はその人を常に先生と呼んでいた**〉ですが、よく読むと海水浴場で見かけただけの先生を、「私」は追いかけます。そういう趣味があるなら最初からそう言ってくれれば、読むほうはいくらでも納得できるのに。

奥泉――僕は、この作品は素晴らしいと思います。さっきのいとうさんの言葉を借りれば、もの

＊ 読んでなかったとしか言いようがない。あるいは乃木将軍のところだけ読んだか。（いとう）

すごくいい失敗作。そもそもこれだけ失敗できるのがすごい。僕ならこうは失敗できない。だいたい成功しちゃうから（笑）、というのは冗談でもなくて、つまらなく成功しても仕方がないんですよね。では、どんなすごい失敗が起きているかを、冒頭から、見ていきましょう。ちなみに今回は、岩波文庫版から引用します。

いとう――〈**私はその人を常に先生と呼んでいた。だから此所でもただ先生と書くだけで本名は打ち明けない。これは世間を憚かる遠慮というよりも、その方が私に取って自然だからである**〉。

奥泉――ここからわかるのは、これが「私」によって書かれた一種の手記だということ。

いとう――「ただ先生と書くだけで」とありますから。時間の経過でいえば、出来事は過去に起き、ずっと時間が経ってから書いている。だから次の段落に、〈**その時私はまだ若々しい書生であった**〉とありますが、これを書く時点の私は、もういい大人になっているはず。

奥泉――〈**先生の亡くなった今日になって、始めて解って来た**〉といった表現も見つかる。でも大きく変な点があります。下の「先生と遺書」のラストで先生は、ここまで書いてきた自分の経験について、世間の人には言っていい、しかし妻だけには絶対に何も知らせてくれるな、と記します。となると、「私」が手記を書いたのは、先生の奥さんの死後なのかなと思うでしょう。少なくともそれから発表しただろうと。ところが奥さんはまだ存命の感じがそこかしこにある。

いとう――**奥さん以外に、ネタバレ。**知らない彼女がいながら、「私」が手記で語り出していると読めるわけですね。

奥泉――深読みすれば、本当は奥さんにこそ、先生はこの手紙を読んでほしかったとも考えられます。その橋渡しの役目を、「私」という青年に押し付けた。

いとう――ひどい話なんですよ。夫婦の過去を打ち明けておきながら、自分は死んじゃう。そもそも過去に耐えきれず、罪の意識から自分は自殺を選択するのに、その重荷を他人に背負わせちゃうんだから。「私」が若い身空で、他人のこんな秘密を抱えるなんてつらすぎます。トラウマはハンパない。だから、僕はこの文庫の余白に「先生、エゴ」と書いてありますよ。エゴイスティックな人間だから、あんなことができた。

奥泉――自分の経験を世間に発表してもいい、でも、奥さんにだけは言わないでくれ、**〈妻が生きている以上は**（中略）**私の秘密として、凡**（すべ）**てを腹の中にしまって置いて下さい〉**とありますからね。

いとう――拷問にかけるみたいな引き裂き方。ダブルバインド。いや、もしかしたら、ダブルバインドの状況に置かれることで人は成長するという、ビルドゥングスロマン（教養小説）を漱石は設定したのかな？

奥泉――しかしそうだとしたら、学生である「私」が先生の遺書を読んで何を考え、どう成長したかが書き込まれていませんよ。ビルドゥングスロマンとしてもバランスを欠いている。本当に不思議議な小説です。

では、出会いのところをもう少し丁寧に見ましょう。すでに多くの批評家が指摘し、今もいとうさんが言ったように、BLというか、男色の雰囲気が色濃く出ているのがこの冒頭。たしかに「男色」という補助線を引くと、小説全体をおもしろく読めるポイントがいっぱい出てくる。

いとう――先生と「私」だけでなく、先生とKもそうです。Kというのが死んでしまう友達。

奥泉――先生とKが実際に男色的な関係にあったかどうかは別にして、先生にそういう気持ちがあったという読み方は、確実にできる。むしろその読み方のほうが合理的かも。カップリングは他にもあって、たとえば冒頭の「私」と先生が出会うシーン。

いとう――場所は鎌倉の海辺ですね。

奥泉――海だから裸なんですよ。しかも先生は一人じゃない。

いとう――「西洋人」という言い方がされています。

奥泉――そう、西洋人と、二人で海に来ている。「私」はたまたま彼らの姿を目撃する。〈並んで浜辺を下りて行く二人の後姿(うしろすがた)を見守っていた。すると彼らは真直(まっすぐ)に波の中に足を踏み込んだ。そうして遠浅(とおあさ)の磯近(いそちか)くにわいわい騒いでいる多人数(たにんず)の間を通り抜けて、比較的広々した所へ来ると、二人とも泳ぎ出した〉。西洋人と先生、素敵な話ですよね（笑）。

いとう――仲がよござんすね、と。まあ、できていると読めます。

奥泉――もしこのシーンを三島由紀夫が書いていたら……。テーマ自体、同性愛だと読者は全員思うはず。

いとう――文芸漫談では、トーマス・マンの『ヴェニスに死す』も前に取り上げましたが、*あれは海辺の町で老人が少年を見初(みそ)める話だった。これは逆です。少年が自分より年上の人を見初める話。**漱石なら時代的にトーマス・マンを意識していても不思議じゃない。**

奥泉――日本の場合、男性二人のペアを必ずしもそういう関係とはみなさない感じがありますが、ヨーロッパだと途端に帯びてしまいますね。

いとう――いや、日本でも同じですよ。たとえば僕とみうらじゅんが「見仏記」の企画で**地方の旅館などに泊まると、「ははーん」みたいな周囲の反応があります。もっとも、その日に見た仏像の話を、ずっと露天風呂とかでしている僕たちも悪いんですけどね（笑）。弥次喜多道中もホモセクシャルの文脈がある。逆に、女性二人旅は成立するのに。

奥泉――たしかにそうだ。

いとう――あと、この冒頭に関して言うと、「私」が鎌倉に遊びに来たのは友達に誘われたからです。でも彼が家の事情から、国元に帰ることになる。この友人について〈**中国のある資産家の息子**〉とあります。もしこれが中国地方の意味ではなく中国人という意味に無理にとれば、相当インターナショナルな出だしです。先生は西洋人と一緒ですし。ま、中国地方としてもすでに男同士の関係が始まりにあるわけで、これは世界的普遍的なテーマです。

日本語で読むから、古い明治文学だとつい人は考えてしまう。でも漱石は英文学の学者でもあったから、世界文学として自分の作品を捉える感覚があったと思います。そう考えると、『こころ』も今までと違って読める。

奥泉――先生の連れの西洋人ですが、その後の物語には出てこない。初日以降も毎日毎日、先生は海へ行くんですが、あとは出てこない。どうしちゃったのかな？

いとう――先生と喧嘩したのかな。でも今言ったように、「私」も今ひとりなだけで、男友達と来ていたわけだし。そんな偶然から、二人は出会うんですね。

*　二〇一三年六月、於北沢タウンホール。

**　仏像を愛する仏友（ぶつゆう）の二人が国内外の仏像を訪ね歩く紀行。テレビ・雑誌・書籍などで、二十年以上続いている。

奥泉――〈私は先生の後につづいて海へ飛び込んだ。そうして先生と一所の方角に泳いで行った。二丁ほど沖へ出ると、先生は後を振り返って私に話し掛けた。広い蒼い海の表面に浮いているものは、その近所に私ら二人より外になかった。そうして強い太陽の光が、眼の届く限り水と山とを照らしていた。私は自由と歓喜に充ちた筋肉を動かして海の中で躍り狂った。（中略）「愉快ですね」と私は大きな声を出した〉。このムード！

いとう――三島由紀夫（笑）。

奥泉――心なしか文体も三島っぽい。

いとう――BL的な絵がコマ割りで見えるようです。しかもまた、先生が振り返って「私」に話しかけたとしながら、大事なセリフ部分は書き込まないこのうまさ。黙説法。*僕だと絶対になにか書いてしまう。漱石はやっぱりテクニシャンですね。

奥泉――漱石がテクニシャンであることはもちろん間違いない。で、二人は、先生と先生の家に出入りする学生の関係になります。

◉漱石文学は孤独

奥泉――先ほどから、『こころ』は失敗作だなどと評していますが、そうはいっても漱石的テーマがこの作品にも濃厚に表れていると思います。僕は前々から、漱石文学全体を貫く根本的なテーマは「孤独」**だと思っていて。

いとう――絶対的なわかりあえなさ、と奥泉さんは言っている。

奥泉——そう。漱石の「孤独」は独特です。つまるところ近代文学の主人公は、たいていみんな孤独です。主人公だというだけですでに孤独であるとも言える。よく引き合いに出すのが国木田(くにきだ)独歩(どっぽ)『武蔵野』***の主人公。もしこれがみんなでわいわいがやがや言いながら武蔵野を歩いてしまうと、ただのピクニックになる。

いとう——七、八人で楽しくお酒を飲んだりして、もうお話にならない。

奥泉——「おや、あれは桜でげすな」なんてね(笑)。これでは江戸文学です。しかし近代文学では、ひとりきりで林を見ます。一方、漱石の孤独はそれとは違う。彼が書くのは、コミュニケーションに失敗する人間の孤独です。

いとう——他人と仲良くなりたいけど、うまくいかない人たち。

奥泉——彼らは関係を持ちたいという強い熱意や意欲を持っています。でも失敗に終わる。上の十四章の最後にこうあります。**〈自由と独立と己(おの)れとに充(み)ちた現代に生れた我々は、その犠牲としてみんなこの淋しみを味わわなくてはならないでしょう〉**。つまり、人間が本当の意味で自由であるためには、他者との関わりの中で自由でなければならない。豊かな関係を他人と取り結ぶことで自分が豊かになっていく。そういう関係を先生は夢想し、強烈に願います。でも、それが

* 語らないことで語る。この文芸漫談の監督的な位置にある渡部直己による小説技術論でも重要。(いとう)

** テーマというより、何を書いても必ず出てきてしまう漱石の根本問題というべきか。(奥泉)

*** 二〇一〇年一月の文芸漫談(於成城ホール)で取り上げられた。

できないんです。

いとう――『坊っちゃん』における坊っちゃんも、周囲に理解されないからこそ暴れてしまう。（↓一一三ページ）

奥泉――そう。坊っちゃんはものすごくコミュニケーションをしたいんだけれど、できない。

いとう――生卵を叩きつけちゃう。

奥泉――僕に言わせれば、『吾輩は猫である』の猫もそうです。（↓八三ページ）

いとう――だいたい猫である時点で、完全なコミュニケーションなんか成立しないしね。

奥泉――吾輩は人間の言葉がわかるけれど、苦沙弥先生は猫をただの猫としか思っていない。不均衡ゆえのディスコミュニケーション。『こころ』でも先生は過去のトラウマを語ります。叔父に騙されて財産を失ったとか、そのせいで人間不信に陥ったとか。しかし彼はそんな理由くらいでは説明のつかない、過剰なほどのコミュニケーション不全を抱えた人物なんですよ。遺書の中で、〈**不可思議な恐ろしい力**〉に抑え込まれると表現していますが、このどこから来るかわからない力こそ、自分と他者との関わりを必ず失敗に導くものなんです。

いとう――物語を簡単に整理して言えば、世間に対して開かないKという男がいて、その彼を自分の下宿先に連れてきてしまうことで、下宿先のおかみさんの娘であり、自分が好意を寄せるお嬢さんとの間に何らかの交流を生じさせてしまいます。結果、Kに「実は俺、あの子のことが好きなんだ」と間接的に告（こく）られる。それを聞いて焦った先生は、お嬢さんのお母さんに話をつけて、いち早く嫁にもらうのです。これがKへの裏切りです。それによって、Kは自殺したと先生は罪の意識を抱く。でも、奥泉さんの言う根源的な「孤独」って、こうしたいちいちの出来事に起因するものではないでしょう？

奥泉――そうそう。関係ないと思います。先生はそんな出来事がなくとも、最初からある魔的な強い力に捉え込まれるようにして孤独なんです。孤独で淋しい場所に、なぜだかわからぬまま追いやられてしまう。

いとう――Kや奥さんとの関係だけでなく、当然「私」に対してもそうですね。

奥泉――ですね。というか、世界全体に対してそう。だから先生は、Kがなぜ死んだのかという考察の中で、Kも自分と同じような淋しさゆえに死んだのだと言うわけです。〈**不可思議な恐ろしい力**〉が働くのだと。

下の五十五章をみてください。〈**しかし私がどの方面かへ切って出ようと思い立つや否（いな）や、恐ろしい力が何処（どこ）からか出て来て、私の心をぐいと握り締めて少しも動けないようにするのです**〉。

最初に言ったBLにからめて言えば、この「恐ろしい力」の中身を**先生の男色への傾斜**と読むこともできるわけですが。

いとう――ああ、性的な力と読むわけですか。リビドー。

奥泉――自分でも認められない無意識から来る、倒錯した性の力だと。読みのひとつの可能性としてはあるかもしれない。

いとう――しかしこの作品が書かれた時期からいって、男色がそこまでタブー視されたとも考えにくくはある。つまり江戸の男色が身近だった漱石には。

奥泉――ですね。それに「孤独」の問題は漱石にとって根源的なもので、男色だけですますわけにはいかない。

いとう――坊っちゃんには清がいてくれたから、ぎりぎり助かったよね。『こころ』の先生にはそういう存在がいないから殺伐としちゃう。ここに清さえいれば、ですよ。

奥泉――奥さんは清になれたはず。でも奥さんが清のような孤独を和らげる存在になるためには、先生はKとのいきさつを自ら語らなければならない。

いとう――言って、許してもらわなきゃならないものね。

奥泉――先生本人も、すべてを彼女に告白すれば、彼女は許してくれるはずだ、そして自分たちは良い関係を結べるはずだと考えてはいます。でも「恐ろしい力」に邪魔されて、それができない。

いとう――『ヴェニスに死す』でいう、魔的な力と同じ。抗えない強大なもの。

奥泉――結局、先生は最悪の仕方で死んじゃう。なぜ死んだかも教えず、奥さんを遺して勝手に死ぬ。

いとう――奥さん、かわいそう。ほんと先生の「エゴ」!

奥泉――何故そこまでエゴイスティックな場所に彼は赴かざるを得なかったのか。これと比べると、『暗夜行路』*の時任謙作の孤独なんて、ごく軽いものですよ。

いとう――志賀直哉ね。飲んだり食ったり、芸者と遊んだりして、たまにじーっと考えるだけですから(笑)。胃から血が出るほど悩んでる感じはしない。

奥泉――ですね。

いとう――遺書では先生が自殺する理由として、もうひとつの出来事が書かれています。明治天皇の具合が悪くなり、崩御するまでの過程と、それを受けて乃木大将が殉死するという出来事です。

先生は殉死のニュースに衝撃を受け、自分もまた明治の精神に殉じようと思うと書き記します。

でも奥泉さんの今の説明ですごく納得したのは、それすら口実でしかないかもしれないということです。この口実によって、自殺を教育的、道徳的、政治的になにか良いことであるかのように見せかけることができる。でも実は先生の自殺はそれとも関係ない。もしも失恋によって自殺した男に殉じて自分が死ぬことと、乃木大将の殉死を一緒にしたら、むしろ不敬ですよ(笑)。結局先生がなぜこのタイミングで死ぬのかはわからないままです。

奥泉――そうですね。わけのわからぬ「恐ろしい力」のせいだと理屈づけるほうが、ずっと納得がいく。『明暗』の夫婦も、ごく普通の夫婦なのにコミュニケーションが全然とれていない。お互いぎくしゃくぎくしゃくしている。なぜそうなのかといえば、彼らが漱石作品の登場人物だからなんです。「恐ろしい力」の作動。だから僕は先生が叔父の裏切りを持ち出すたびに、「そんなの、たいしたことないじゃん」と言ってあげたくなっちゃう。

いとう――異常な熱量に対して、理由がつり合ってない。

奥泉――熱が噴出してすべてのバランスや合理性を破壊してしまう。コミュニケーション不全による孤独の問題。ここに注目して僕は『こころ』を非常に面白く再読できた。

いとう――僕はまだそのエゴが許せないなあ。だって「私」は、先生のことが好きで好きで何度も家に行くでしょう。こんなやつがいたら迷惑だというほど(笑)。**今ならストーカー規制法で取り締まれるレベル**です。海水浴場で勝手に見初め、家までついてきて、上がり込んでご飯を

* 二〇一三年三月の文芸漫談(於北沢タウンホール)で取り上げられた。

食べるまでになる。でもこの「私」の小さなエゴイズムは、最後の先生の大きなエゴイズムに搦め取られる。つまり彼らは相似形ですね。それを「近代の自我」と片づけていいものか。

奥泉――いとうさん、よほど現代国語で『こころ』を読まされたのが嫌だったんだね（笑）。

◉エンターテインメント作家、漱石

奥泉――さて、物語に戻ります。第一部である上では、「私」が先生夫婦の間には何か秘密があると感じとり、先生にも、君にだけは本当のことを教えようという流れができて終わる。そうこうしているうちに、「私」の田舎の父親が病気だとわかり、「私」はいったん田舎に帰ることになります。

いとう――それが第二部、中の「両親と私」です。ところでこのタイトル、どう？　中学生の作文みたいな（笑）。漱石ほどの作家がつけた小タイトルが「両親と私」。かえってすごいとも思います。で、田舎に帰ると、田舎特有の搦め取ってくるような前近代的な世界がそこにはあるわけです。

奥泉――お父さんの病状は一進一退ですが、確実に死に近づいている。その中で、明治天皇の崩御があり、乃木大将の殉死があり。そしてやがて先生の死と、全部が重なるかたちで描かれていく。

いとう――そして父親がいよいよかというときに、先生からの分厚い手紙が届く。例の、物理的に絶対に折り畳めない、とんでもない分量の手紙。

奥泉――しかしこの手紙が届くあたりのシーン。さすが漱石、新聞小説作家だけのことはあって、エンターテインメントの技を駆使していますよ。こういうところは勉強になるな。

いとう――なにしろ読みたくて仕方ないのに、邪魔が入って読めないんだよね。

奥泉――お父さんが危篤状態だから、そんなの読んでいる場合ではないと、いったんは判断する。でもちらちら見てしまう。すると最後のほうに、ふっと目に入った先生の一文がある。**〈「この手紙があなたの手に落ちる頃(ころ)には、私はもうこの世にはいないでしょう。とくに死んでいるでしょう」〉**。すると当然**〈私ははっと思った〉**。初読の読者なら、おおっとなるでしょうね。僕たちは国民的ネタバレで知ってるから全然驚かないけど。

いとう――いやいや、それでもこのシーンは盛り上がりますよ。ちなみに僕、余白に「クライマックスのつくり方」って書き込んでいますね。先生の最後の文言だけ見えて、でもいよいよ父親に最期の瞬間が来る。廊下をばたばたとみんなが駆け抜けるようになる。ここの引っぱり方はすごい。

奥泉――エンターテインメントとして高い技術がある。そして「私」はいても立ってもいられなくなって、医者に駆け込む。**〈私は医者から父がもう二(に)、三日(さんち)保(も)つだろうか、其所(そこ)のところを判然(はっきり)聞こうとした。注射でも何でもして、保たしてくれと頼もうとした〉**。

いとう――お父さんの延命のためじゃない。手紙を読みたいという一心。

奥泉――**〈医者は生憎(あいにく)留守であった。私には凝(じっ)として彼の帰るのを待ち受ける時間がなかった。心の落付(おちつき)もなかった。私はすぐ俥(くるま)を停車場(ステーション)へ急がせた〉**。

いとう――行っちゃうんですね。

奥泉――**〈私は停車場の壁へ紙片を宛てがって、その上から鉛筆で母と兄あてで手紙を書いた。手紙はごく簡単なものであったが、断らないで走るよりまだ増しだろうと思って、それを急いで宅へ届けるように車夫に頼んだ。そうして思い切った勢で東京行の汽車に飛び乗ってしまった〉。**

いとう――駅の壁に紙をあてて、手紙を書くなんて描写はさすがうまいですね。その上で**〈私はごうごう鳴る三等列車の中で、また袂から先生の手紙を出して、漸く始からしまいまで眼を通した〉**ときて、第二部の中はおしまい。**このラスト一文の、名カットといったら。**永遠に「私」が汽車に乗っているような感じすらします。

奥泉――漱石がエンターテインメント作家だと、改めて実感できる。

いとう――そして第三部の下は、始めから最後まで遺書。

奥泉――出だしからしばらくは、なぜ遺書を書くことにしたかの理由がある。

いとう――第二章。**〈私は何千万といる日本人のうちで、ただ貴方だけに、私の過去を物語りたいのです〉**。これ、ほんといやらしいほどうまい。なぜかといえば、「貴方」って、もちろん直接的には「私」だけど、読者にしてみれば自分なので。シンプルながら、読者を引き込む露骨なテクニックです。まるで太宰治。

奥泉――でも最後のほうでは、他の人にも聞かせても良いと言う。あれ、自分だけじゃなかったのかよ、とがっくり来るよね。

いとう――そうね。でも、現実の世界に戻ってくるのにちょうどいいから。

奥泉――すごいのはここ。**〈私は今自分で自分の心臓を破って、その血をあなたの顔に浴せかけようとしているのです。私の鼓動が停った時、あなたの胸に新らしい命が宿る事が出来るなら満**

足です〉。

いとう――怖い！　これは呪いですよ。

奥泉――中学生には無理だよね。*

いとう――スプラッターだもん。**勝手に手紙を送りつけてきて、あげくスプラッター**。中学生だと神経過敏になりますよ。

奥泉――中二男子には絶対無理だ。それで手紙の前半には先生の過去のことが書かれています。要するに、田舎で両親を早くに亡くし、叔父さんに面倒をみてもらうことになっていたと。でも彼に騙されて財産をとられ、人間不信に陥ったという話です。しかし、こういう言い方もなんだけど、とられてもまだそこそこ財産がある。

いとう――そう。ぜいたくしなければ暮らせるだけのお金は残っています。改めての確認ですが、**先生は無職**。勝手に「私」が先生と呼んでいるだけで、なんの先生でもありませんから。

奥泉――全然働いていない。

いとう――横丁でよくみんなに「先生、先生」なんて呼ばれていながら、実際には何しているか誰も知らない人がいるでしょう。そんな感じ。昔、寿司屋で僕と芸人仲間がしゃべっていたら、コースターの裏にしょうゆを割り箸につけてすらすらとそいつの似顔絵を描いた人がいたんです。「これを」と言うから、「ありがとうございます」ともらった。相当の絵描きなのかと思うじゃないですか。で、大将に「今のは誰ですか」と聞いたら「近所の人です」って。からかうんじゃな

＊　漱石自身が『こころ』は子供の読むものじゃないと手紙で言っている。（奥泉）

いよ、お前は何者だって話ですよ（笑）。

奥泉――ははは。まあそういう先生です。＊それで人間不信に陥った先生は東京で大学に行く。大学といえば東大のことですね。下宿を探していると、軍人の未亡人とその娘の住む家が素人下宿をやっているという。そこに入る。

いとう――運命がここで開くわけです。

奥泉――先生は娘さんを好きになっちゃう。彼女は生け花や琴をたしなむ人なんですが、どうも下手らしい。ここでちょっと本題とは関係ないことをいとうさんに聞きたいんですが、これってどういうこと？　十一章の最後のところ。**〈しかし片方の音楽になると花よりももっと変でした。ぽつんぽつん糸を鳴らすだけで、一向肉声を聞かせないのです。唄わないのではありませんが、まるで内所話でもするように小さな声しか出さないのです。しかも叱られると全く出なくなるのです〉**。

いとう――お稽古中ですね。

奥泉――ジャラララランとかやらないで、ぽつんぽつん。**デレク・ベイリーかよ**、みたいな。

いとう――そう、雅な感じじゃないですね。そもそも三味線ではないから、ふつうは歌わないし。

奥泉――それが疑問だった。**お琴の弾き語り**ってあるの？

いとう――俺は見たことないですね。でももしこれが三味線になると、江戸っぽくなってしまう。新潮文庫の解説でまさに江藤淳が書いていますけれども。それで思い出したけど、男が下宿をしてそこの娘を好きになるというのは、例のあの話の構造と同じですね。

奥泉――二葉亭四迷の『浮雲』＊＊ね。

いとう――『浮雲』の場合は、うじうじしている文三（ぶんぞう）という男が主人公でした。でも彼らは歌舞伎を見に行ったり菊人形を見たり、江戸とのつながりが濃厚でした。でも『こころ』の時代はつながりが希薄になり、琴についてもきちんと書かない。

奥泉――つまり、先生は江戸文化に詳しくないから、わけがわからないことを遺書に書いちゃったとも読めるのかな。

いとう――そう。漱石自身はすごく詳しいけど、なにしろ先生の遺書内のくだりだから。

奥泉――テキストの構造からして、書かれていることがすべて本当とは限らないというのは重要なポイントだと思います。なにしろ、「私」に向けた先生の遺書を引用する、「私」の手記という体裁ですから。虚構の構造で考えたら、何かを隠蔽している可能性が高い。

いとう――いったん疑って読み始めると、いくらでもできますね。

奥泉――僕はそれを悪い読み方だとは当然思いません。それでテキストがスリリングになるなら、ぜひそう読むべきだと思います。たとえば〈十六、七といえば、男でも女でも、俗にいう色気（いろけ）の付く頃です。色気の付いた私は世の中にある美しいものの代表者として、始めて女を見る事が出来たのです〉とあります。ようやくこの年齢になって女性の美に目覚めたというのですが、男色という補助線に照らせば本当とは思えない。このように、嘘かもしれない、わざと書いたのかもしれないと読めるのが、テキストの持つ力。

＊　ちょっと違うかも。（奥泉）

＊＊　二〇一二年九月の文芸漫談（於北沢タウンホール）で取り上げられた。

いとう――そうですね。本当は誰かの目を気にしているかもしれないと。

奥泉――つまりこの世に残していく、奥さんの目です。奥さんに読ませようとしていたのではないかという仮定は、こういうところから出てくる。

いとう――なるほどね。

奥泉――さて、先生はやがて下宿先のお嬢さんを好きになります。ただし好きになり方がとんでもない。まるで信仰の愛みたい。〈もし愛という不可思議なものに両端（りょうはじ）があって、その高い端（はじ）には神聖な感じが働いて、低い端には性慾（せいよく）が動いているとすれば、私の愛はたしかにその高い極点を捕（つら）まえたものです〉。

いとう――続けて、〈御嬢さんを考える私の心は、全く肉の臭（におい）を帯びていませんでした〉ともありますよ。この夫婦には、性関係がないみたいにしか読めない！

奥泉――子供がいないことについて、先生は「天罰だ」とだけ言いますが、理由はよくわからない。いとうさんのご専門の「童貞小説*」という観点で見れば、今回は「私」、先生、Kと三人とも一種の童貞ですよね。だけど、童貞小説という感じはしない。

いとう――僕の言う「童貞小説」における「童貞」の定義は、女の人のことで頭がいっぱいになっていないといけない。でもここにはその感じがありませんね。

奥泉――中二的な感じがない。あえて「肉の臭（におい）がない」などと言ってみたり。

いとう――つまり漱石は、同性愛という補助線付きの読みの可能性を決して否定しないように、ちら、ちらっと、ディテールを書き残しているとも読める。

奥泉――ですね。それでなぜお嬢さんに告白し、付き合うことを承諾してもらわないかといえば、親切にしてくれる奥さんとお嬢さんが策略家だったらどうしようという心配が頭をもたげるから。

いとう――なにしろ叔父に裏切られたトラウマを引きずっています。

奥泉――たしかに彼女たちは最初から先生を狙っています。狙っているというか、ちょうどいい人が来たな、と。完全なウエルカム状態。たとえば先生を誘って三人で日本橋に着物を買いに行くシーンがあります。

いとう――「これ、どう」なんて、先生に選んでもらったりして。

奥泉――するとその様子を同級生に見られていて、月曜日に学校へ行くと、いつのまに妻をもらったんだい、とか、すごい美人だねとか言われて、先生はうろたえます。でも奥さんとお嬢さんは最初からそういうつもりです。げんにKの問題が起き、「御嬢さんを下さい」と奥さんに言ったら、もうほんとに簡単にくれちゃう（笑）。

いとう――〈宜ござんす、差し上げましょう〉と、**お魚かなにかみたいに。**

奥泉――だから最初から、策略もなにもない。

いとう――『浮雲』の場合は、失職した文三はお金がないから、雲行きがあやしくなる。でも先生は、そこそこ財産があり、なにしろ自分も好きな相手なので問題ありません。

奥泉――八方、丸くおさまる。じゃあ何でそうしないわけ？

いとう――趣味の問題、かな……。

＊　いとうせいこうは世界でも数少ない（ひょっとしたら唯一の）童貞小説評論家である。（奥泉）

奥泉――結局ここでも「恐ろしい力」が働いてしまう。不安が兆してどうしても飛び込んでいけない。男色云々を抜きにしても、先生はそういうふうに素直にふるまえない。根源的な孤独の問題を抱えているんです。

◉行き場のない心＝『こころ』

いとう――そもそも、この遺書が書けたのは、初めて自分に迷惑なほど懐き、積極的に踏み込んでくる人間に出会えたからですね。心を許すつもりで遺書を書く。でも結局すぐに自殺を選ぶわけで、関係を断ち切ったともいえます。この皮肉ですよ。**どうしようもないコミュニケーション不全。**小説のアイロニーとはこういうものだと思います。

奥泉――なるほど、そうですね。で、筋を少し追えば、先生はKという友人を下宿先に招き入れる。奥さんは、やめろと言う。あなたのためにならないからと。しかし先生は、むちゃくちゃ熱心に、ほとんど土下座せんばかりにして、下宿に呼びます。

　Kはどういう人かというと、中学のときに一緒に東京に出てきた同郷の幼なじみ。医者の養家に迎えられているから、医者になることを期待されている。しかし養家を裏切って、勝手に宗教系の学問をやったために勘当状態になり、ものすごい貧乏に陥っている。まるで自分を痛めつけるようにして刻苦勉励する男です。

いとう――そんなんだから、神経衰弱になるんですね。痩せこけて、病気にもなって。

奥泉――見かねた先生は、うちの下宿に来ないかと誘う。すごく過剰な対応ですよ。**〈最後に私**

はKと一所に住んで、一所に向上の路(みち)を辿(たど)って行きたいと発議(ほつぎ)しました。私は彼の剛情を折り曲げるために、彼の前に跪(ひざ)まずく事を敢(あえ)てしたのです〉。

いとう――頼む！って、土下座しちゃう。そこまですると、かえってうっとうしい場合あるよね。Kに対し、人に心を開いたらどうかと諭しますが、それはお前だろうと。

奥泉――この過剰性は普通じゃないよ。もっとシンプルな、普通一般のコミュニケーションができない。このパターンは『坊っちゃん』にもある。宿屋へ行き、いきなり心づけに五円もあげちゃうとか。ここでも先生はKを無理やり呼び入れ、しかも奥さんとお嬢さんに、Kと仲良くしてやってくれと頼む。自分でちゃぶ台まで買ってきたりして。

いとう――面倒になるのに、なんで場まで設けちゃうかなあ。

奥泉――しかも**設けた瞬間に嫉妬**してますよ（笑）。Kとお嬢さんが話をしているというだけで、嫉妬。むしろ嫉妬するために、Kを呼んだと考えられるほど。

いとう――燃えるためにね。

奥泉――でもお嬢さんはKに特別な感情を持ちません。

いとう――疑われるゆえんがないから、潑剌(はつらつ)としている。

奥泉――これまで、先生がお嬢さんに告白しない理由、理屈はこうでした。親切にしてくれるのは何か企みがあるからじゃないか。叔父のときみたいにまた騙されるんじゃないか。この猜疑(さいぎ)心ゆえに告白できない。でも今度は違うことを言い出します。つまり、お嬢さんは自分よりKのほうが好きなんじゃないか。それだともう告白できないと。〈果して御嬢(おじょう)さんが私よりもKに心を傾(かた)むけているならば、この恋は口へいい出す価値のないものと私は決心していたのです〉。ものすごくこじらせています。

いとう――自分で連れてきておいて、まったく世話がやけるね。自意識の中に閉じ込められた男。どっちが好きなのと、直接問うこともできない。

奥泉――〈日本人、ことに日本の若い女は、そんな場合に、相手に気兼なく自分の思った通りを遠慮せずに口にするだけの勇気に乏しいものと私は見込んでいたのです〉。つまり、聞いたとしてもお嬢さんが本音を語るわけがないと思い込んでいる。

いとう――どうしようもない、もう出口なし。死ぬしかなくなる。でも青年って、こういうものかもしれないな。

奥泉――一般の青年の、だいぶ上を行っているけどね。

いとう――コミュニケーション不全って、つまりさっきの『坊っちゃん』の五円の話でもそうですが、中間をとれないということですよね。中間で我慢して、頃合いをはかるということができない。マックスかいちばん下か、好きか嫌いかという二択しかない状態。

奥泉――ですね。で、そうこうするうちに夏です。自分が田舎へ帰省すれば、Kとお嬢さんが二人きりになってしまう。それは耐えられない。そこで、Kを旅行に連れ出すことにします。房州の方へ。

いとう――また海！　冒頭の先生と「私」が出会うシーンの繰り返しと言ってもいい。

奥泉――Kが海を見たがって、こうなったんですね。ここでまた変なところがあるので、ちょっと読みますね。

〈私は自分の傍にこうじっとして坐っているものが、Kでなくって、御嬢さんだったらさぞ愉快だろうと思う事が能くありました。それだけならまだ可いのですが、時にはKの方でも私と同じような希望を抱いて岩の上に坐っているのではないかしらと忽然疑い出すのです〉。

いとう――まずいまずい。来てるよ、青春ノイローゼが。相手の心の中を忖度しすぎちゃう。

奥泉――〈ある時私は突然彼の襟頸を後からぐいと攫みました。こうして海の中へ突き落したらどうするといってKに聞きました〉。

いとう――先生、嫉妬とか殺意とか、次々と衝動が激しすぎます。しかも、Kも〈丁度好い、遣ってくれ〉と応答してる。この二人、なんなの（笑）？　ちょっと働いてみるとかしてほしいよ。

奥泉――とにかく先生はKの心を知りたい。だけどKは鈍い人なんですよ。とりあえずKは女のことなんか眼中にない様子です。そのすぐ後、二十九章のあたまにこうありますよ。〈私は思い切って自分の心をKに打ち明けようとしました〉。この一行だけ読むと、もうわけがわからないよ。

いとう――いよいよKに、お前が好きだと告白するみたい（笑）。

奥泉――そうそう。よく考えてみると、自分がお嬢さんのことが好きだと、どうしてKに告白しなくちゃならないのか。早く帰ってお嬢さんに直接言うとか、もっとフランクに「俺さ、お嬢さんが好きなんだよね」と軽く言うだけでいいのに。

いとう――もしそうしていたら、Kも自分の恋心を先生に打ち明けることはなかったのになあ。

奥泉――たとえば「俺、好きなんだよ」とか先生が言って、Kが「お嬢さんのこと？　ああ、びっくりした。俺のことかと思ったよ」と言って笑う、なんてやりとりがあったなら、ずいぶん話は違ってくるよね（笑）。

いとう――八〇年代のドラマで、ありがちなシーンだ。女性主人公がいて、イケメンが「俺、好きなんだ」と言う。自分のことかと思ったら、実は自分の友達のことだった、とかね。

奥泉――ともかく先生は、こじらせ状態が続きます。完全に空回り。

いとう――奥泉さんが指摘してくれたところを読むと、ようやくこの小説が「こころ」というタイトルである意味がわかります。先生が勝手に空回りしているうちに、Kに先を越されて、お嬢さんのことが好きなんだとKから聞かされてしまう。もう旅からは戻っていて、しばらく黙っている先生。何日か過ぎ、いろいろ空回り的に思いをめぐらせたあとで、先生は逆襲に出る。Kを追い詰めるんです。宗教者としてそんな覚悟でいいのかと。禁欲の概念を盾に、色恋沙汰なんてだめだ、そんなのバカのすることだと、君はさんざん言ってきたじゃないかと。

奥泉――**行き場のない心のことを言っている**んですね。

いとう――先生の、破滅的な衝動を感じますよね。

奥泉――得体の知れぬ力に先生は完全に持っていかれています。その流れのまま、お母さんに「御嬢さんを下さい」と言い、「よござんす、差し上げます」と承諾を受ける。

いとう――そして先生は勝った気になる。

奥泉――でもすでに何人かの批評家が書いているように、本当は先生はKがお嬢さんと結婚するのを阻止したかったのではないか、という説があります。つまりKをとられないために、自分がお嬢さんとの結婚に踏み切ったのだと。

いとう――しかしその同性愛の解釈を抜きにしても、Kとお嬢さんとの三角関係の構造は簡単ではないです。先生には、両方の項を押さえておきたいという欲望がある。

奥泉――そうした潜在的な無意識の策謀は、たしかにありますね。

いとう――書生である「私」との関係もそう。「私」は先生の死後、先生の妻と結婚をするという読みも、しばしば批評家の間で語られますが、先生は奥さんと「私」の両方を支配しているといえる。

奥泉――なるほど。つまり「不可思議な恐ろしい力」を倒錯した性のエネルギーと読んでもいいし、そこに限定せず、彼のどうしようもなく不可解な欲動の働きと読んでもいい。後者の読み方のほうが広がりがありますけどね。

◉『こころ』は漱石の生き生きとした失敗作品

いとう――少し端折りますが、Kは奥さんから、先生とお嬢さんの結婚話を報告されたあとで、自室で頸動脈を切って自殺します。シューッと血が飛んでいる。先生がそれを発見するシーンも、見事な緊張感なのでぜひ読んでください。さてそんな過去を経て、何も知らないお嬢さんとずっと夫婦生活をやってきたのだと、遺書には書かれているわけです。

奥泉――そこまで読むと、Kは単純に先生に裏切られ、失恋し、だから死んだのだとはどうも思えない。先生も自分で〈私はしまいにKが私のようにたった一人で淋しくって仕方がなくなった結果、急に所決したのではなかろうかと疑がい出しました。そうしてまた慄としたのです。私もKの歩いた路を、Kと同じように辿っているのだという予覚が、折々風のように私の胸を横過り始めたからです〉と言っています。三角関係のもつれとか、ショックで衝動的に、といった一面的な理由では捉えきれない。

いとう——KにはKの心があったはずでしょう。遺書を読むと、表層的にはKの心はほとんどお嬢さんのことでいっぱいだったと思うかもしれない。でも、さっき紹介した海のシーンで、先生に殺すと言ったらどうすると問われて「やってくれ」と答える、そのKの人格、性格というものは全然書かれていません。おそらくKにはKの、全然違う孤独の世界があったはず。読者はそこを知ることはできないんですね。

奥泉——そして先生は、ずいぶん経ってから、自分自身で死を選びます。〈私の胸にはその時分から時々恐ろしい影が閃めきました。初めはそれが偶然外から襲って来るのです〉とあります。

いとう——なぜ今になって死ぬのかという問題ですね。

奥泉——ひとつには明治天皇の死があり、乃木大将が殉死するという、死の連鎖のイメージの中で己の来し方行く末を捉えたということがあるでしょうね。くどいようだけれども、先生はコミュニケーションに対して、熱い思いがあります。死ぬのも、世間をハスに見て「つまんない世の中だ」と厭世的になっているわけではない。

いとう——「明治の精神に殉じる」という一文がよく引用され、明治の精神という言葉がクローズアップされますが、コミュニケーションを求めることが明治的な精神ではないですものね。

奥泉——明治、関係ないですよ。

いとう——むしろこれは、近代全体の精神でしょう。

奥泉——だから、もっともエゴイスティックな自殺という行動によって、「不可思議な恐ろしい力」を乗り越え、先生は妻とコミュニケーションを絶望的にはかったのかもしれません。そのものすごく熱量のある願いが、遺書というテキストを生み出した。

いとう――冷静な漱石をして、こんなふうに熱さが噴き出さしめるのは、本当に珍しい。

奥泉――僕は今回、従来の「さすがは漱石」という文脈とは全然違う、「こういう漱石もいるんだよ」という作家の一面を見た気がしました。**ここまで下手、というか、いびつでもいいんだなと。**

いとう――分量的なバランスも、テーマ的なバランスもとらないぜと。

奥泉――最初に言いましたが、こういう「失敗」が自分にはできないだろうなと思うのは、だいぶ不安ですよ。

いとう――失敗、がんばりましょう（笑）。

奥泉――失敗は意図的にはできないからなあ。僕はこれまで漱石に嫉妬するところがいっぱいありました。* でも今回、嫉妬とはまた違う感情が湧いてきた気がします。**漱石の生き生きとした失敗。**学ぶところが大きかったです。

＊　一時期は章を示す「一」を見ただけで、漱石の「一」はやっぱり違うな、などと思うほどだった。今はそうでもない。（奥泉）

「青春小説」に見せかけた
超「実験小説」

『三四郎』

二〇〇九年一一月三〇日
松原市文化会館

一九〇八年（明治四一）に発表された長編小説。

熊本から上京して東京帝国大学に進学した小川三四郎と、
都会的な女性・里見美禰子や英語教師・広田先生らさまざまな人物との交流が描かれる。

作品の舞台にもなる東京大学の池は、本作にちなんで「三四郎池」と名付けられた。

『それから』『門』へと続く前期三部作のひとつ。

いとう——さあ、今日は[*]『三四郎』です！

奥泉——ですね。でもたぶんあまり読んでないと思うんですよね。皆さん読んでないでしょ。姿三四郎じゃありませんよ。言っときますけど、柔道の話じゃありませんから。

いとう——漱石、スポーツもの書いてないからね（笑）。

奥泉——でも、この中にたぶん一人ぐらいは、柔道の話だと思った人、いると思うんですよ。

いとう——ああ俺も柔道やってるしな、ということで来られた方すいません（笑）。そっちじゃないんです。

奥泉——姿三四郎ではなくて小川三四郎の話ですから。で、最初に僕のほうから漱石のことをちょっとだけ解説していいですか。

いとう——どうぞどうぞ。

奥泉——『三四郎』は一九〇八（明治四十一）年の作品なんですが、漱石が小説を書き始めたのは一九〇四（明治三十七）年。一九〇四年の十二月に『吾輩は猫である』を書く。

＊　この漫談は大阪の松原市という所の会館で行なわれたのだけれど、とても遠い所で、駅から暗い路をずいぶん歩いたような気がする。（奥泉）

いとう——しかもそのとき、漱石はもう四十近いですからね。そうですよね。

奥泉——三十七か八だと思いますよ。一九〇四年時点では。

いとう——若くして書いたというわけではない。

奥泉——ないです。書き始めたのは東京帝国大学の講師とかやったりしてる時期で、三十代の後半です。

いとう——イギリス留学して、「夏目発狂せり」とか言われて帰国して、それから帝大の講師に迎えられる。

奥泉——それが一九〇三年。翌年に『吾輩は猫である』（→八三ページ）を書く。だから漱石が小説を書き出したのは、日露戦争の戦中から直後ぐらいの時期になる。その間漱石は『猫』に並行して『坊っちゃん』『草枕』（→一五一ページ）、『漾虚集（ようきょしゅう）』に集められた短編などを書くんですね。それで一九〇七年には朝日新聞社入社ですよ。

いとう——あれはどういうことなんですか。要するに、夏目漱石は帝国大学を出て、文部省の命令でイギリスに留学するわけですよね。つまり、エリートだった。

奥泉——エリートです。大エリート。

いとう——朝日新聞社といっても、今だから、いいなと思うけど、当時は新興メディアでしょう。

奥泉——ですね。今のような大新聞のイメージはありませんよ。

いとう——**今だったらアメブロに入っちゃったみたいな（笑）**。お前ってエリートじゃないの？なんで官僚じゃなくてアメーバブログなの？という新しい世界へ行った。

奥泉——だから当時としてはかなりびっくり。今日取り上げる三四郎も、帝大の学生。超エリートですが、ましてや漱石は帝大の先生ですからね。そのエリート度は今の東大の先生なんていうようなもんじゃないですから。
当時は小説家の地位は高くない。レベルの低い職業だと思われてたところへ帝大の先生がいきなり職業作家になった。その後、大正から昭和初期にかけて小説家の地位はぐんぐん向上してくんだけどね。

いとう——小説家の地位が上がる。それから新聞というものの地位も上がっていくということですね。

奥泉——漱石は朝日新聞で『虞美人草』という小説をまず書きます。これはちょっと読んでいただければわかるけども、美文を連ねるタイプの小説。

いとう——まさに漢文の教養がなければ書けないような作品ですね。

奥泉——今読もうとしても、言葉が難しすぎます。読むのに相当苦労する。で、その次に書いたのがたしか『坑夫』(→二二七ページ)です。

いとう——『坑夫』は、僕は大好きなんです。奥泉さんも好きだよね。

奥泉——好きです、『坑夫』。

いとう——鉱山で働いた青年の体験記風小説ですね。

奥泉——ですね。そして『夢十夜』などを挟んで『三四郎』を書く。

いとう——そうすると、『吾輩は猫である』はユーモア小説だけども、教養がなければとてもじゃないけど読めないようなもの。次の『坊っちゃん』はめちゃめちゃわかりやすい。と思うと、『草枕』みたいな超難しいハイレベルなものを書く。漱石はいろんなジャンルを書いた。で、『三四郎』は『坊っちゃん』の系列的な雰囲気がありますね。

奥泉——ありますが、『草枕』の流れもある。新潮文庫版の『三四郎』に柄谷行人さんが解説書いていて、そこで指摘していますが、『草枕』の雰囲気が生かされているのは間違いない。『草枕』的な、つまり美的なるものを表現しようという感じがある。それと同時に『坊っちゃん』的な……。

いとう——うまく言いたいことも言えないような若者の面白さ、おかしさね。

奥泉——それから『吾輩は猫である』の知識人のおしゃべりを中心とした皮肉だとか諧謔（かいぎゃく）だとかを駆使していくスタイル。そういうものが全部、『三四郎』には流入していますね。そういう小説だと思います。で、この次が『それから』なんですね。

いとう——つまり、のちのち教科書で漱石といったときに、代表作とみなされるようなシリアスなものを書いていく。

奥泉——『それから』『門』『彼岸過迄』『行人』（↓一九九ページ）、そして『こころ』『道草』『明暗』という流れになる。漱石は流れで捉えてもしょうがないんだけど、そういう意味では、『三四郎』は初期の実験的なものを含むさまざまなスタイルを凝縮した小説であり、物語性を導入した後期の小説群とのちょうど真ん中に位置する作品になってるということですね。

◉三四郎は確実に童貞です

奥泉——じゃ、一章を見ていきましょうか。

〈うとうととして眼が覚めると女は何時の間にか、隣の爺さんと話を始めている〉というのが書き出し。これは汽車の中にいるわけで、三四郎が熊本から上京してくる、その汽車の様子が書かれる。そこで女と出会う。するとその女と名古屋で一泊しなくちゃいけなくなる。そこでの顚末が一章で書かれるんだけども、ここだけ読むと、やっぱりこの小説は、いわゆるビルドゥングスロマン、教養小説と訳しますけれども、そういう小説なんだと思える。簡単に言うと若者の成長を描いていくストーリーですね。それに読者は共感したり、励ましたりしながら読んでいくようなタイプの小説。それと同時にユーモアもある。

いとう――『坊っちゃん』性を感じるというのはその部分でしょ。僕がその意味で印象深いのは、〈空になった弁当の折を力一杯に窓から放り出〉すところ。**当時のゴミ意識がわかる**[*]し、三四郎の子供っぽさがよく出ている。あとひとつ、奥泉さんが読んだところでいうと、この文芸漫談で今までいろいろな小説をやってきましたが、**「夢からさめたら系小説」**というのかな。そういうジャンルがありますよね。

奥泉――ありますね。

いとう――典型的なのがカフカの『変身』。主人公のザムザが気がかりな夢からさめると……、というのと『三四郎』はなぜか通底している。

奥泉――『それから』もそうなんですよね。『それから』では、夢の内容もちょっと書いてある。俎下駄が空で揺れてるという夢がちょっと描写されてから夢からさめる。

＊　新興国のマナーだけ注意してても、自分たちも昔はこうだったと知らないとね。（いとう）

いとう——だからこれは、ここから始まることは、夢ではないということなんですよ。夢からさめたら始まるということは、夢ではないことを強調している。リアルだよと。でも『三四郎』の内容は、まるでうたかたの夢のようなんですよね。ずっと膜がかかったような、もやのかかったような小説。

奥泉——たしかに夢のような世界が書いてある。しかし、それは後でまた話しませんか。

いとう——何かたくらみがあるんですね。了解。

奥泉——じゃあ、続きを見ていきましょう。

　上京中の三四郎は子供に会いに里に帰る女とたまたま車中で一緒になるんですが、次の列車を待つために名古屋で一泊しなくちゃいけない。それで女に宿屋を紹介してくれと頼まれる。で、一緒に宿屋に行くんですね。まず注目されるのはこの後の顚末です。**〈下女が茶を持ってくる間二人はぼんやり向い合って坐っていた。下女が茶を持って来て、御風呂をといった時は、もうこの婦人は自分の連ではないと断るだけの勇気が出なかった〉**。だから連れだということになっちゃった。結果、一緒の部屋に寝ることになっちゃう。テレビドラマ的な展開ですよね。そうすると、**〈そこで手拭をぶら下げて、御先へと挨拶をして、風呂場へ出て行った。風呂場は廊下の突き当りで便所の隣にあった。薄暗くって、大分不潔のようである〉**。風呂桶で**〈じゃぶじゃぶ遣っていると、**（中略）**ぎいと風呂場の戸を半分開けた。例の女が入口から、「ちいと流しましょうか」と聞いた。三四郎は大きな声で、／「いえ沢山です」と断った。しかし女は出て行かない。かえって這入って来た〉**って女は入って来ちゃう。やっぱり、あれですかね、この時代は入って来ちゃうんですかね（笑）。

いとう——入って来ちゃう可能性もかなり高いですよ。要するに男湯、女湯とかいうそんな厳密な概念もない部分もある。でも僕がここに感じるのは、やっぱり青年期のセクシャル・ファンタジーですよね。ちょっと年上の人が、積極的に迫ってくる。三四郎は大学に入りたてのうぶな若者。

奥泉——いとうさんの専門じゃないですか。童貞小説。

いとう——主人公が童貞かどうか考えて読むと古典が面白くなるってやつですね。三四郎は確実に童貞です（笑）。朝日新聞は、若い読者を狙ったんじゃない？

奥泉——**〈そうして帯を解き出した。三四郎と一所に湯を使う気と見える。別に恥かしい様子も見えない。三四郎は忽ち湯槽を飛び出した〉**。そうすると今度、宿帳に名前書けと言われて、自分の名前を書く。女のほうはまだ湯から帰ってこない。しょうがないので、**〈同県同郡同村同姓花二十三年〉**と、でたらめを書いちゃう。

いとう——自分と同い年だという嘘を書かざるを得なくなってしまった。

奥泉——女が帰ってきて、同じ部屋に寝ることになる。これ、どうします？

いとう——え、誰に聞いてるんですか？

奥泉——いや、皆さんに（笑）。

いとう——皆さんに聞いてどうするつもり（笑）。

奥泉——皆さんだったらどうするかなと思って（笑）。で、三四郎は布団を二つ敷いてくれと宿に頼むんですが、だめって言われちゃうんですよ。ひとつで寝てくださいと。そうすると、いっそ寝ないで、蚊帳の外でこのまま夜を明かしてしまおうかとも思うんですが、**〈蚊がぶんぶん来る。外ではとても凌ぎ切れない〉〈三四郎はついと立って、革鞄の中から、キャラコの襯衣と**

洋袴下（ズボンした）を出して、それを素肌へ着けて、その上から紺の兵児帯（へこおび）を締めた。それから西洋手拭（タウエル）を二筋（ふたすじ）持ったまま蚊帳の中へ這入った〉。それで、こう言うんですよ。〈「失礼ですが、私（わたし）は疳性（かんしょう）で他人（ひと）の蒲団に寝るのが嫌（いや）だから……少し蚤除（のみよけ）の工夫を遣（や）るから御免なさい」〉。

いとう——これは三四郎のセリフですね。

奥泉——ノミよけの工夫ってなんだろうと思うと、〈敷いてある敷布（シート）の余っている端（はじ）を女の寝ている方へ向けてぐるぐる捲（ま）き出した。そうして蒲団の真中に白い長い仕切（しきり）を拵（こしら）えた。女は向へ寝返りを打った。三四郎は西洋手拭（タウエル）を広げて、これを自分の領分に二枚続きに長く敷いて、その上に細長く寝た〉。いいですねえ。細長く寝る。〈その晩は三四郎の手も足もこの幅の狭い西洋手拭（タウエル）の外には一寸（すん）も出なかった。〉なんですかこれ？

いとう——自分から翻弄されてる。この青年のかわいさですよね。

奥泉——そう。かわいいんですよ。このかわいらしさが、ユーモアに関わっている。

ちょっと解説しますと、文芸漫談では何度も言ってるんですけども、イロニーというものがあるわけです。英語だとアイロニー。どういうことかというと、たとえば今読んだところをみると、主人公が読者よりも下にいませんか。

いとう——ああ、たしかに。

奥泉——つまり、われわれはこの三四郎という人物を、上から目線で見ている。

いとう——三四郎、別にそんなの断ればいいのにとか。じゃあもう一緒に寝ちゃえばいいのにとか。

奥泉——そう。三四郎、うぶだな、みたいな感じで。上からの目線で主人公を見るというのが、イロニーのひとつの構造なんですね。イロニーじゃない小説というのはどういうものかというと、主人公と読者がほとんど同じレベルなんですよ。

いとう――なるほど。つまり簡単にいうと、次に何が起こるかまったくわからないような小説ですね。

奥泉――そう。だから、言い方を変えると、**主人公と読者が、同じだけの情報を持ってる**んですよ。両者が同じ分量の情報を持ってる小説がリアリズムなんですね。それに対してイロニーというのは、読者のほうが主人公よりもたくさん情報を持っている。

だから、たとえば小説に、明日、三四郎は死んでしまうのだった、と書いてあるとするじゃないですか。明日死ぬことを、小説中で三四郎が知らないとすれば、これはものすごいイロニーになる。

いとう――ドリフターズのコントで、志村けんがなにかやってて後ろから加藤茶が、頭殴りに来ている。それを志村けんは知らない。でも**テレビ見てるお客は「志村、後ろ後ろ」って言ってる（笑）**。この状態ですよね。

奥泉――それそれ。**「志村後ろ理論」**（笑）。だから、イロニーの享受には大人の精神が必要なんですね。つまり子供は、志村けんに思い入れちゃうから「志村、後ろ後ろ」と言っちゃうけど、大人は志村けんの状況を余裕をもって楽しむ。それがユーモアと関係してるんですよね。

つまりそうやって、われわれのほうが、つまり読者のほうが主人公よりもたくさんの情報を知ってる。知った上で、主人公をバカにしたり、冷たくあしらうこともできる。残酷な視線で眺めることもできる。しかし、そこで対象を優しく、かわいいものとして見つめる視線がユーモアになる。

いとう――だからこの解説を書いてる柄谷行人さんは別のところで、ユーモアとは何かについて、フロイトを引用して、親が子を見る視線と言ってますね。

つまり僕らは三四郎を読み始めた途端、あーあ、三四郎しょうがねえなと思いながら読むから、ちょっとずつ、つい子供に対する親の立場のようにかわいく思ってしまう可能性がある。

奥泉――そう。三四郎という人の持っている、かわいらしさみたいなものを読んでいく。そこが読みどころになってるところが、ユーモア小説としてこの小説が捉えられるゆえんになっていると思います。

いとう――なるほど、なるほど。

奥泉――朝になると、〈**夜はようよう明けた。顔を洗って膳に向った時、女はにこりと笑って、「昨夜は蚤は出ませんでしたか」**〉なんて聞かれちゃう。やな女ですね。しかも最後にこう言われちゃうんです。ご厄介になりましたとか女が言って、三四郎が「さよなら」と言う。すると〈**女はその顔を凝と眺めていた、が、やがて落付いた調子で、／「あなたはよっぽど度胸のない方ですね」**〉。

いとう――若い頃読んだり、数年前また漱石をある視点から全部読み直したりしてたんだけど、そのときはまだこの場面にドキドキした自分がいたんですよ。ちょっと年上の女の人にからかわれてみたいなとか。

僕もさすがにこの歳になって読むと、なんだこの女、ふざけんなって。なに偉そうにしてんだって思う（笑）。勝手に誘いやがって（笑）。三四郎の味方としてね。

奥泉――そんなかたちで、この小説はスタートするんですね。

◉『なんとなく、クリスタル』的小説？

奥泉——大事なポイントは、三四郎が帝大の学生だということ。つまり超エリートを描く小説なんですね。この小説はビルドゥングスロマン的な成長小説であり、ユーモア小説という特徴に加えて、風俗小説という特徴を持ってますよね。

いとう——その時、何を着ているのがエリートとしてはかっこよかったかとか、いわゆるセレブはどんなものを食べに行くのかとか……。

奥泉——情報満載。

いとう——奥泉さんは風俗小説と言ったけど、僕もまさにファッション小説だなと思ったんですよ。おそらく読者は、地方で読んで、なにこれ、かっこいいな、こんな生活。こんなギリシャ語とかみんながしゃべってるの、と思ったと思う。

奥泉——絶対そうですね。女性のリボンの話だとか、娘義太夫を聴きに行くとか。落語は小さん(こ)を聴きに行くとかね。あと電車の乗り方とか。散歩に行く時どういうルートでどこを散歩するかとか、そういう都会生活が詳しく書いてある。

いとう——要するに西洋の教養の先端が書かれてるけど、漱石のすごいのは、日本の古典芸能にもやっぱり詳しいんですよね。娘義太夫とか俗謡とか。非常に詳しい。両方のかっこよさをバンバン織り込んで、ちょっと**『なんとなく、クリスタル』みたい**。*

奥泉——たしかにそういう感じはある。たとえば最初のほうには、帝大の描写が多くある。建物の配置とか。法文科大学だとか図書館がどんなふうな配置になっていて、どんなふうな建物が帝大の中にあるのかというのを、ちゃんと書きこんでるし、近所の洋食屋さんだとか、小間物屋さんだとか、今でいうカフェみたいな場所の描写とか。

いとう――あとは路面電車がどう走ってるかとか。電車もなかったようなところの人たちは、チンチン電車って何？ってなる。だから最先端小説だった。

奥泉――ですね。そういう狙いは圧倒的にあったと思います。だから新聞という媒体を漱石はものすごく意識してるんですよ。一説には、当時、朝日新聞は熊本とか、そっちのほうに拡販をかけようとしていたという説すらある。

いとう――なるほど。だから熊本から上京する三四郎というキャラクターを作ったと。おおいにありうると思う。

奥泉――もちろん漱石自身が熊本にしばらくいましたからね。

いとう――僕らはついつい、古典を過去の素晴らしいものとして読んでしまうから、古臭いような気がしてしまうけど、書かれた当時に読んだ人にとっては、目から鱗が落ちるような先端風俗だったと思いますね。そこでもし、三四郎が女の人に話しかけられて積極的になってしまうような男だったら鼻について読めないじゃないですか。それがこのボンヤリ野郎だから（笑）、かわいいな、頭はいいけど世間のこと何にも知らないよと言って、みんなが読めた。これは、絶対読者がつくに決まってる。

奥泉――漱石という人は、そういう意味では通俗なところをすごく持ってる*人なんですよ。だから新聞小説という媒体の中で、どう書けばいいかということをすごく考えてる。『虞美人草』のときは、あまり考えてなかったんじゃないかな。

いとう――なるほど。自分の教養を全部出して書いた。

奥泉――『三四郎』あたりから考え出す感じがある。

いとう――マーケティングができるようになった。

奥泉――新聞という媒体を意識した作品づくり。『三四郎』で初めてそれをやったということなんじゃないかな。

◉主人公も、登場人物も、みんな孤独

奥泉――僕はつくづく思うんだけど、この東京になじめない三四郎という人の持ってる孤独の感触ね。与次郎という友達とかもそうだけど……。

いとう――調子のいいやつがいるんですが、彼も?

奥泉――『三四郎』の登場人物は誰も孤独感がある印象を僕は持つんですね。

いとう――どのへんにそれが表れてるんでしょう。

奥泉――三四郎についていえば、たとえば二章。どういうシーンかといいますと、帝大に行くん

＊（57ページ）カタログ小説。ある意味で江戸のランキング好き（山東京伝とか）を継承しているジャンルだと思う。（いとう）

＊小説というジャンルが元来通俗なものだと考えるべきだろう。（奥泉）

ですよ。野々宮という物理学者を訪ねる。

いとう――研究ばっかりしてる、学者バカ一代みたいな人。

奥泉――そう。寺田寅彦をモデルにした人に会うわけですね。会って表に出てくる。のちに重要な役割を担う美禰子という女性に会う直前です。こう書いてあります。**〈そうして、野々宮君の穴倉に這入って〉**、穴倉って研究室です。**〈たった一人で坐っているかと思われるほどな寂寞を覚えた。熊本の高等学校にいる時分もこれより静な龍田山に上ったり、月見草ばかり生えている運動場に寝たりして、全く世の中を忘れた気になった事は幾度となくある、けれども、この孤独の感じは今始めて起った〉**。今までとは違う孤独感。東京に来ての孤独というのは、単純にいえば、なじめないという孤独なんです。

漱石の一貫したテーマは孤独ということなんだと思うんですよ。漱石の孤独はすごく独特で、どういう孤独かというと、つまりひとりでいるという孤独じゃない。ひとりになっちゃう孤独なんかたいしたことない。そうではなくて、**人とコミュニケーションして、失敗しちゃう孤独***なんですよ。

いとう――なるほど、なるほど。

奥泉――だから人と関係はしたいんです。したいのに、失敗してしまう。あるいは、失敗しちゃうんじゃないかなという不安の中で孤独に陥る。この孤独感が日本語の近代小説の中でいちばん出ているのが漱石だと思うんですよね。

僕は『三四郎』もそういう作品だと思うんです。三四郎だけじゃないんですよ。広田先生とか与次郎とか、出てくる知識人たちはみんな、なんか寂しくないですか。

いとう――寂しいですね。

奥泉――この人たち、仲良くやってるようだけど、なんともいえない孤独感が漂っている。この孤独感はつまり、他人とうまくコミュニケーションできないことがもたらす孤独感。『坊っちゃん』もそうですよね。最後の『明暗』なんかも同じです。つまり、たいしたことは起こってないのに、人物たちがすごく緊張している。『明暗』の夫婦はべつにお互い浮気してるとかなにもないですよ。なにもしてないのに夫婦間にただならぬ緊張感が走っている。どういう緊張かというと、コミュニケーションに失敗するのではないかという恐怖感なんですよね。

いとう――奥さんが旦那さんにおはようと話しかけるけど、これ拒絶されるんじゃないかという不安を抱え、旦那は旦那で、奥さんがおはようと言ってきたとき自分はなにかうまいこと言えるだろうかとおびえている、ということですね。

奥泉――そして、相手がおびえてるんじゃないかということを考えてしまって、さらに言えない。そういうことの繰り返し。極端に言えば、それだけが書いてある。この孤独感は三四郎も持っているし、三四郎の周囲にいる人物たち、みんなが持っている。

＊　このことは何度も本書の中で出てきちゃうんだけれど、毎回お客さんの違うライブということで。（奥泉）

◉美禰子、どうよ？

奥泉――そしていよいよ二章。女の登場ですよ。

いとう――美禰子ですね。さっきの女と同じで昔はちょっとドキッとしました。でも今回読んだら、「いけすかねえ、この女」って何度もこの文庫、壁に投げつけた（笑）。なんだこの女って。

奥泉――そこまでしなくても（笑）。

いとう――この美禰子型に振り回されるタイプと振り回されないタイプがきっといると思うんですよ。**奥泉さん、ひょっとして振り回されるタイプじゃないですか。**三四郎タイプ。

奥泉――わりにそうかも。僕はけっこういいんですよね、美禰子。

いとう――やっぱりね。その美禰子の良さを僕に教えてくださいよ（笑）。

奥泉――うーん、良さといわれてもね。困っちゃうんですけど、風俗小説的にいうと、いわゆる新しい女ですよね。田舎にはいない、新しいタイプの女性。平塚らいてうがモデルといわれてるらしいですけど、そういう新時代の女ですよ。

　で、美禰子の登場あたりから、だんだん小説に新たな雰囲気が出てくる。

いとう――ああ、小説の質がちょっと変わる。

奥泉――変わってくる。三四郎の成長を見守っていく小説なのかな。そしていろんな東京情報とか、大学生の暮らしとか、そういうのを織り込んだお話を僕たちは読まされていくのかな、なんて思ってると、全然違う雰囲気が出てきます。これが何かというのは、説明がちょっと難しいんですけど、簡単に言うと、「美」ですよね。これは『草枕』で主題的に展開されているんですけど、漱石は俳味なんていう言葉を使います。

いとう――俳味とか、禅味とかね。

奥泉――つまりそこはかとない美しさ。人生の実相とかではなく、ただひたすら美しいもののイメージを小説中に定着させようという。この小説のキーワードは、『草枕』もそうなんだけど、「画」ということですよね。

いとう――なるほど。

奥泉――小説の最後で美禰子がモデルになった絵画が登場する。画家の先生によって描かれた大きな画を、失恋後に三四郎が見に行くことになる。美禰子の登場から先は、一幅の絵画を提示しようという狙いがこの小説には出てくるんですよ。

いとう――つまりこれは、非常に雑駁に言えば、普通は筋で引っぱるでしょう。こういう盗賊が出てきて、実はこの盗賊はどこどこの殿様で、世の中を良くしようとしてたんだと思ったら実は……というふうに。歌舞伎でもなんでもそう。

奥泉――そう。筋で動いていきますね。

いとう――ところが歌舞伎の中にはもうひとつのテーマがあって、タカンタカンタン、タタンてツケを打つときは、わけのわからない一枚の絵になるわけですよ。全員がストップモーションで。そういう意味で言うと、漱石はそっちのほうをやろうとしたんですね。筋じゃなくて。

奥泉――そうですね。で、そうなると、このひとつの画を作っていくというレベルでは、三四郎はビルドゥングスロマンの主人公、あるいはユーモア小説の主人公ではなくて、単なる装置になっちゃうんですよ。

いとう――ふむふむ。

奥泉――美的な世界を作り上げるための装置みたいな感じになっていく。小説のすごく大きなポイントは、美禰子とか広田先生とか、三四郎以外の人たちの内面はまったく書かれないこと。彼らは外面的な行動とかセリフでしか表現されない。主人公の三四郎だけが内面を書かれるんだけども、その内面も段々内容がなくなっていっちゃう。たいした内容はなくなって、ある美しいシーンをただ見ている人みたいになる。鑑賞者というか、三四郎が美しいシーンを見る行為によって、彼の反応を通してひとつの美しい画の世界を現出しようという感じになる。

いとう――だから僕が、夢みたいだと言ったんだよね。夢には、意味わからないけど、ああ不思議だな、なんで犬の横にこんな怪獣がいるんだろう、と思ってボーッと見てるみたいなところあるじゃないですか。

奥泉――ですね。だから小説としての動きがなくなっていって、**ひとつの美しい画を描いていく**という方向性が前面に出てくる。

とはいえそれに全部がなっちゃうわけでもないんですよ。ビルドゥングスロマンやユーモア小説、風俗小説の要素も残しつつ、そこに美の世界が覆いかぶさってくるっていう構造に『三四郎』はなっている。そこが読みどころなんだと思います。

いとう――なるほどね。この小説の厄介なところは、ビルドゥングスロマンとして読めば読めなくもない。ユーモア小説として読めば読めなくもない。非人情というか、筋のない小説としても読める。「非人情」というのは漱石の言葉*ですけど。

奥泉——そう、非人情。筋とともに人生を描くのではなくて、なんとなく美しい感じが文章から伝わればいい。

いとう——筋のない小説としても読めるということが、多層的に行なわれている。なんとなく小説ってメモしながら読めば、ひとつの構造の絵は描けるんですけど、『三四郎』は非常にわかりにくい。

奥泉——わかりにくいですよ。**複数のものが折り重なってる**んですよね。

いとう——そうなんです。地層みたいな。

奥泉——もちろんこの画は単に美しいだけじゃない。この美しい画の中に登場する人物たちにはリアリティというか、ある種の存在感がある。美禰子が嫌いだっていとうさんは言ってましたけど、**いとうさんが嫌うまでの存在感がある**ということでしょう。

◉三四郎は童貞だから簡単に引っかかる

奥泉——では三四郎と美禰子の最初の出会いのところを見てみましょう。のちに三四郎池と呼ばれる池のところに三四郎がいて、しゃがんでるんです。そうするとそこに美禰子が登場する。まだ美禰子という名前かどうかわからない。看護婦さんと二人で歩いてる。

いとう——きれいな人が歩いてくる。

＊『草枕』がそうであると、『草枕』の中で漱石は言っている。（奥泉）

奥泉――うちわを持ってるんですよ。うちわを持って歩いてきて、看護婦にこう言うんですよ。〈「これは何でしょう」といって、仰向いた〉。このときもう三四郎の目を意識してます。〈頭の上には大きな椎の木が、日の目の洩らないほど厚い葉を茂らして、丸い形に、水際まで張り出していた。／「これは椎」と看護婦がいった。まるで子供に物を教えるようであった。／「そう。実は生っていないの」といいながら、仰向いた顔を元へ戻す、その拍子に三四郎を一目見た〉。

いとう――ほら、いやらしい女でしょ？ 一目見たりして（笑）。

奥泉――〈三四郎は慥に女の黒眼の動く刹那を意識した〉。

いとう――あー意識しちゃうよね。三四郎、童貞だから簡単に引っかかっちゃう（笑）。

奥泉――〈その時色彩の感じは悉く消えて、何ともいえぬ或物に出逢った。その或物は汽車の女に「あなたは度胸のない方ですね」といわれた時の感じとどこか似通っている〉。

いとう――過去のコンプレックスみたいなものを見事に突かれてる。登場人物としての美禰子はそれを知る由もないけど、テキストの上では彼女も読者の一員*と僕は見る。

奥泉――〈三四郎は恐ろしくなった〉。もうすでに怖がってます。でも、怖いけれども、ものすごく惹かれてもいる。この瞬間に三四郎は恋に落ちてますよ。そう書いてないけれども、間違いなくそうです。

いとう――人は恋愛をすると不安になるからね。だから恐ろしくなるのは当たり前なんだよね。

奥泉――そうそう。孤独の構造と同じですよ。つまりこの女性と自分は関係を持てるだろうかという不安。

いとう――惹きつけられた、その人に自分は認めてもらえるだろうかの不安が起こるわけでしょう。

宿屋で意気地なしみたいなこと言われたこともやっぱり、認められない不安だものね。美禰子はそれを突いてくる。なんとか彼女嫌いの僕を説得してくださいよ、奥泉さん（笑）。

奥泉——しかも、この女は歩いて去るときに、持っていた白い花を三四郎の目の前で落っことして行ったりしますからね。

いとう——ほら、わざとだ。童貞は思い通りになっちゃうんだって（笑）。

奥泉——〈**三四郎は女の落して行った花を拾った**〉と書いてあります。〈**そうして嗅いで見た**〉。

いとう——ハハハ。バカだな、三四郎（笑）。

奥泉——これが出会い。でも、美禰子のほうも三四郎のことは気に留めてるんですよ。のちのちまでこの場面の印象を彼女は持ち続けてるんですよね。そういう意味では一種の恋愛小説として……。

いとう——読めないこともない。要するに多層構造の中のひとつの層として。

奥泉——恋愛小説としての色彩を持つ。

いとう——美禰子は、最後まで、単に気を惹き続けるじゃないですか。そういうかたちでしか自分の存在を確かめられない人なんだよね。俺は苦手だけど、いるんだな、この種の女性は。

こういう女性は嫌いという人と、好きという人が分かれるっていう時点で、漱石はものすごいキャラクターを作っているわけですよね。

＊　テクスト論的、つまり「書かれている側の事情」的には美禰子はこの小説を「読んでいる」可能性がある。（いとう）

奥泉――作ってますね。さっきも言いましたが、美的な画の中に人間の存在感を作り出す。

◉実はすごい実験小説

奥泉――ひとつ今回気がついたことがあるんですよ。美禰子はちょっと措いといて、それは漱石における音楽という問題です。この小説にはバイオリンが出てくるんですが、なかなか印象的なんです。三四郎は美禰子からお金を借りるんですね。与次郎が使い込んじゃったお金を、三四郎が貸してあげてる。それで三四郎のお金なくなっちゃったんで、美禰子のところに借りに行くシーンなんですが。〈**その時ヴァイオリンがまた鳴った。今度は高い音と低い音が二、三度急に続いて響いた。それでぱったり消えてしまった。三四郎は全く西洋の音楽を知らない。しかし今の音は、決して、纏ったものの一部分を弾いたとは受け取れない。ただ鳴らしただけである。その無作法にただ鳴らした所が三四郎の情緒によく合った。不意に天から二、三粒落ちて来た、出鱈目の雹のようである**〉。

いわゆる西洋古典音楽というのは構築的なんですが、漱石はそういう音楽にはけっこう否定的、というか、正面から書かないんですよ。むしろ断片の響きがよく小説中に出てくる。バイオリンやピアノは必ずノイズっぽく鳴るんですよ。それがいいというふうに漱石は書くんですよね。

いとう――なるほど。つまり音楽というのは時間芸術だから、時間が流れていくのを編成していくわけです、いろんな和音で。だけど漱石の言ってる断片というのは時間芸術じゃないですよね。むしろ音が絵になってるわけですね。

奥泉――そう、つまり画なんですよ、漱石は。絵画的な発想をしてるんですよね。僕たちは絵画を見るときに、全体を見るんだけど、全体はいっぺんに見れないから、細部を見るじゃないですか。でも細部を見るときに、必ず全体も目に入ってくる。全体を目に入れながら細部を見るというかたちでしか絵は見ることができないんですよ。それが音楽とは根本的に違う。音楽は次から次へと時間の中に消えていく。じゃあ小説はどうか。これは面白い問題ですよね。

で、小説はやっぱり音楽に似たところがある。つまり、線的に読んでいく。線的に次々読んでいくという意味では音楽に近い。しかし音楽と違うのは、小説は自分の時間の中で読めますよね。

いとう――そうですよね。速読する人がいるのを考えるとよくわかる。

奥泉――前に戻って読むこともできる。小説は、ちょうど絵画と音楽の中間にあると思うんですが、**漱石が少なくとも『三四郎』や『草枕』で理想としてるのは絵画なんです**よ。

いとう――なるほど、なるほど。

奥泉――今回つくづくそう思った。一幅の画のような小説を彼は書こうとした。画であるということは、どういうことかというと、たとえば人物画があって、それがいとうさんの画だとする。それは一瞬のいとうさんを捉えてるんだけど、その画を見る人は一瞬のいとうさんを見てるわけじゃない。いとうせいこうという人の歴史を読み込んだりしませんか。

いとう――止まった時間の中で。

奥泉――つまり絵画というのは一瞬ではない。極端に言えば永遠というようなことなんだろうけど、つまり長い時間の蓄積の中にある人の肖像として、そうした画の中に美禰子たちを描こうというのが、漱石のやりたいことなんだなって……。

いとう――はたと膝を打ったんだね。

奥泉――打っちゃった。

いとう――でも、やろうと思ってもそれはわかりにくいですよね。

奥泉――そう。そもそもそんなことが小説でできるのかという問題がある。

いとう――根本的にはおそらく不可能だ。でも夢見ることはできる。

奥泉――だから美しい画の中に美禰子を置くんですよ。でも、それは単にきれいな女じゃない。いとうさんに嫌われるようなものも持った、ある奥行きを持った存在として、画の中に人物をあらしめようということですね。これが漱石の野心ですよ。芸術的野心。

いとう――なるほど。ある意味、実験小説。

奥泉――そういうことですね。

いとう――『三四郎』は**わかりやすい小説のように見せて、実はすごい実験小説**なんだ。

奥泉――そうなんですよ。こうした実験はもちろん『草枕』でやってるんですね。しかし『三四郎』は『草枕』より、ある意味一歩進んでいる。『草枕』は瞬間瞬間の美でよかった。何か美しいものが一瞬閃(ひらめ)けばいい。しかし今回は違うんですよ。時間の中で変化する人物の手触りというか実在感というか、そういうものも同時に定着させようということなんですよね。

いとう――漱石はなんでそんなふうなことを発想できたんでしょうね。次から次へと要するにいろんな様式のものを書ける、もちろん教養は、大変ものすごい勉強はした人だけども、根本的に小説というジャンルはどのようなジャンルかという、ジャンル論を考えない限りそれは出てこないよね。

奥泉——漱石が有利だったのは、僕たちがすでに自明としてしまっているリアリズム以前を知っているということなんじゃないかと。

いとう——あ、なるほど。そうか。

奥泉——リアリズム小説は画の中に人物を置くという発想じゃないんですよ。人物が動いていく。動いてく中で人生のありさまが語られていく、世界が展開していくという小説に、われわれはもうすっかり慣れ親しんでるじゃないですか。でも、そうじゃないものを漱石は知っていた。

いとう——それはつまり、ギリシャ語の言葉も知っているけれど、小唄、端唄（はうた）の類も大変よく知っている。あるいは落語の調子とか、黄表紙（きびょうし）みたいな読み物も読んでるし、講談師の講談も聴いていただろう。つまり日本の古い口承文芸も知っていたし、西洋の最先端のものも知っていた。

奥泉——さらに漱石は小説を書く前、徹底的に英文学を研究してるんですね。小説とはこういうものだという先入観をわれわれは持ってしまってる。しかし漱石にはそれがない。ないというか、そこをしっかり考えてるんですよね。文学や小説ってそもそもなんなのと。僕らは小説とは何かを考える必要はないわけですよ。身の回りにあって、当たり前のように小説を読んでるわけですからね。でも、漱石は問う必要があった。小説とはなんなのかと。[*] なんの役に立つのかというところまで含めて、徹底的に考え抜く。そこからスタートしてるところが漱石の強みなんでしょうね。

＊　小説や日本語を自明なものと考えないことが必要だ。とはわかってはいるんだけれど、これがなかなか難しい。（奥泉）

いとう――じゃあ、今の僕らが漱石を――漱石にはかなうとは思えないけど、しかしひとつの可能なかたちとして――取り入れるためには、根源的に自由であるように頭をリセット*しなきゃいけないということですね。

◉美禰子はどこまで策を練っているのか

奥泉――じゃあもうちょっと美禰子を見てみましょうか。美禰子の魅力を。

いとう――お願いします。**僕が癇にさわらない美禰子を教えてください。**

奥泉――美禰子にはたしかにエーッていうところが多いんですよね。

いとう――あれ？（笑）

奥泉――じゃあ、ストレイシープのところ、いってみますか。いちばん有名なシーンですからね。菊人形をみんなで見に行くんですよね。そこで三四郎と美禰子だけがはぐれてしまう。これ初デートですよ。二人が腰を落ち着けたあたりから読んでみましょうか。美禰子はちょっと気分悪くなる。それがちょっともうすでに……（笑）。

いとう――わざとらしいでしょう。偶然か、美禰子の策略かはわかりませんよ。

奥泉――じゃあ、いとうさん、ちょっと読んでいただけますか。僕が美禰子をやりますので。

いとう――〈「歩ければ、もう少しお歩きなさい。此処は汚ない。彼処まで行くと丁度休むに好い場所があるから」〉。

奥泉――〈「ええ」／一丁ばかり来た。また橋がある。一尺に足らない古板を造作なく渡した上を、三四郎は大股に歩いた。（中略）向うに藁屋根がある。屋根の下が一面に赤い。近寄って見ると、唐辛子を干したのであった。女はこの赤いものが、唐辛子であると見分けのつく処まで来て留った。／「美くしい事」といいながら、草の上に腰を卸した。草は小川の縁に僅かな幅を生えているのみである。それすら夏の半のように青くはない。美禰子は派手な着物の汚れるのをまるで苦にしていない〉。苦にしないんですよね。どう、こういうところ？

いとう――ここは、この人、賭けに出てるなと俺は思っちゃう。着物を草で汚しちゃったら、汚れとれないからね（笑）。このときの美禰子は、相当、気を惹こうとしてる。

奥泉――〈「もう少し歩けませんか」と三四郎は立ちながら、促すようにいって見た。／「ありがとう。これで沢山」〉。

いとう――〈「やっぱり心持が悪いですか」〉。

奥泉――〈「あんまり疲れたから」〉。

いとう――〈三四郎もとうとう汚ない草の上に坐った。美禰子と三四郎の間は四尺ばかり離れている。二人の足の下には小さな河が流れている。秋になって水が落ちたから浅い。角の出た石の上に鶺鴒が一羽とまった位である。三四郎は水の中を眺めていた。水が次第に濁って来る。見ると河上で百姓が大根を洗っていた。美禰子の視線は遠くの向うにある。向うは広い畠で、畠の先が森で森の上が空になる。空の色が段々変って来る。／ただ単調に澄んでいたものの中に、色が幾通りも出来てきた。透き徹る藍の地が消えるように次第に薄くなる。その上に白い雲が鈍く重なりか

＊ 漱石は今も書き手を刺激する。その可能性の中心。（いとう）

かる。重なったものが溶けて流れ出す。どこで地が尽きて、どこで雲が始まるか分らないほどに懶い上を、心持黄な色がふうと一面にかかっている〉。

奥泉――〈「空の色が濁りました」と美禰子がいった〉。

いとう――〈三四郎は流れから眼を放して、上を見た。こういう空の模様を見たのは始めてではない。けれども空が濁ったという言葉を聞いたのはこの時が始めてである。気が付いて見ると、濁ったと形容するより外に形容のしかたのない色であった。三四郎が何か答えようとする前に、女はまた言った〉。

奥泉――〈「重い事。大理石のように見えます」〉。どう？　こんなところ。

いとう――マーブルなんて、やっぱり嫌味（笑）。大理石って言ってよ。俺なら無言で立って帰る。

奥泉――帰っちゃいますか？

いとう――捨てゼリフは「お前の心が石なんだよ！」で（笑）。

奥泉――キビシイなあ。でも、このへんの一連の文章はやっぱり漱石らしいよね。

いとう――もちろん、僕らがとうてい書けるようなレベルの文ではないんですけどね。つまり超イケてるシーン。たくさんの男女が憧れたと思う。今だってグッと来る人が多いくらいで。

奥泉――なんていうか、美文とも言えない。〈透き徹る藍の地が消えるように次第に薄くなる〉とか。ほんと漱石はこういう文章がうまいですよね。

いとう――さっきの、セキレイが一羽とまったあたりとかは、まさに俳味ですよ。俳句の世界の魅力です。だってセキレイがとまることには強い意味もないが、完全に無意味とも言えないところの手がかりを探っていくのが俳句だから。

◉「ストレイシープ」は気を惹く呪文

奥泉——少し飛ばして、セリフだけ読んでみましょう。

いとう——〈「広田先生や野々宮さんはさぞ後で僕らを探したでしょう」〉。

奥泉——〈「なに大丈夫よ。大きな迷子(まいご)ですもの」〉。

いとう——〈「迷子だから探したでしょう」〉。

奥泉——〈「責任を逃れたがる人だから、丁度好(い)いでしょう」〉。

いとう——〈「誰が？　広田先生がですか」／「野々宮さんがですか」／「もう気分は宜(よ)くなりましたか。宜くなったら、そろそろ帰りましょうか」〉。

奥泉——これもすごいよね。責任を逃れる人ですからと言う。責任を逃れたがる人だからちょうどいいでしょうと。これはすごい批評なんですよ。広田に対して言ってるのか、野々宮なのかわからないんだけれども、この人たちは結局、責任を取らない人だと言っちゃうんですよね。でも自分もそうなんですよ。自分もそういう階級に属してる。

いとう——なるほど。階級批判にも聞こえる。

奥泉——漱石はそういうことを言わせてるんです。そして、〈「迷子」／女は三四郎を見たままでこの一言(ひとこと)を繰返した。三四郎は答えなかった。／「迷子の英訳を知っていらしって」／三四郎は知るとも、知らぬともいい得ぬほどに、この問を予期していなかった。／「教えて上げましょうか」〉。

いとう——〈「ええ」〉。

奥泉――**〈「迷える子（ストレイシープ）――解って？」〉**。つまり迷子という話から、ここで急にストレイシープということを彼女は言い出すんですね。そして次のセリフが、**〈「私そんなに生意気に見えますか」〉**。

いとう――これはだめ（笑）。**こういう女はだめだってば。**俺だったら言ったこと全然気がつかないふりして酒飲んでますから。

奥泉――僕はわりといいんじゃないかと*（笑）。

いとう――引っかかる人は引っかかるんですよ。この人、私を見て見てって言ってるんですよ。

奥泉――でも三四郎は全然答えられないんですよね。

いとう――そう。だから実は、このふたりは相似形になってると僕は思うんです。三四郎はこの美禰子の積極性というか気を惹いてくることに対応できないんでしょう?

奥泉――できない。ぜんぜんできない。

いとう――ボーッとしてどうしていいかわからない。

だけど、美禰子もてんでだめなもんだから、引っかけても引っかけても、引っかかりようがないから、最終的に、私って生意気ですかとか、私って自意識過剰ですよねみたいに言ってしまう。このパターンを出してきたとき、実は両方が理解不能なんですよ。美禰子も不安なはずですね。

奥泉――不安なんでしょうね。**〈女は卒然（そつぜん）として、／「じゃ、もう帰りましょう」といった〉**。

いとう――もうあきらめたんです。これは引っかからないわと思って。

奥泉――でも、**〈厭味（いやみ）のある言い方ではなかった〉**。厭味を見せないところが美禰子の技ですよ。

いとう――そうですよ。技だから問題なんですよ（笑）。

奥泉――**〈ただ三四郎にとって自分は興味のないものと諦（あきら）めるように静かな口調（くちょう）であった〉**。そんな感じで進んでいったところで、もう一回美彌子が独り言で「ストレイシープ」と言う。少し寒くなってきたがどうですかと三四郎が言うと、〈「ええ、悉皆直りました」と明かに答えたが、俄に立ち上がった。立ち上がる時、小さな声で、独り言のように、／「迷える子」と長く引っ張っていった。三四郎は無論答えなかった〉。

いとう――三四郎は答える術を持ってないから。

奥泉――答えが返ってこないとわかっていて、美禰子はストレイシープと、また呟く。これは気を惹こうとしているふうに読んじゃかわいそうじゃない？

いとう――そう？　そうかな。

奥泉――で、水たまりに行きあたる。「おつかまりなさい」と、水たまりを渡ろうとする美禰子に三四郎はこちらから手を出すんですね。そうすると、美禰子は、〈「いえ大丈夫」と女は笑っている。手を出している間は、調子を取るだけで渡らない。三四郎は手を引込めた。すると美禰子は石の上にある右の足に、身体の重みを託して、左の足でひらりとこちら側へ渡った。あまりに下駄を汚すまいと念を入れ過ぎたため、力が余って、腰が浮いた。のめりそうに胸が前へ出る。その勢で美禰子の両手が三四郎の両腕の上へ落ちた〉。来た。来たよ！

いとう――これが唯一の接触。

奥泉――〈「迷える子」と美禰子が口の内でいった。三四郎はその呼吸を感ずる事が出来た〉。

＊　いとうさんはキビシイけれど、ちょっと淋し気な風情のあるあたりが。という時点で「引っかかって」いるんだろうけど。（奥泉）

いとう――けっ。俺にはメロドラマにしか見えないんだ。こういう自意識女に引っかかると面倒なことになるよ。

奥泉――僕的にはまあありかと（笑）。

◉翌日の朝日新聞が待ち遠しい

奥泉――三四郎は無内容な人間なんですが、でも、三四郎は三四郎で行動もします。

いとう――変化もある。

奥泉――美禰子にお金を借りて返す前に、ありがとうと手紙を書くんですよ。その手紙はありがとうとしか書いてないんだけど、ただのありがとうじゃない。そこに言外に愛情をこめて。

いとう――好きですと告（こく）った。

奥泉――告っちゃいないんだけど、そんな感じの手紙を書いたりする。そして最後にほんとに告るんですよ。

いとう――ええ。**ついに告るんですよ**。これまでの『三四郎』論で「告る」という批評は初めてだと思うけど（笑）。

奥泉――そこだけちょっと、ご紹介いたします。せっかくだから（笑）。

美禰子は画のモデルをやってるんですけど、その帰りに二人で歩くんです。三四郎はちょっとデートに誘うようなことをするんだけど、なんだか美禰子の顔色が悪いんですね。〈**やがて、女の方から口を利き出した。／「今日何か原口さんに御用が御ありだったの」**〉。

いとう――〈「いいえ、用事はなかったです」〉。
奥泉――〈「じゃ、ただ遊びにいらしったの」〉。
いとう――〈「いいえ、遊びに行ったんじゃありません」〉。
奥泉――〈「じゃ、何んでいらしったの」〉。
いとう――〈「あなたに会いに行ったんです」〉。
奥泉――来たね（笑）。〈三四郎はこれでいえるだけの事を悉くいったつもりである〉。
いとう――そう。これが三四郎ちゃんの言える限界ですよ。
奥泉――でも次は限界超えますよ。まずは美禰子の反応なんですが、〈すると、女はすこしも刺激に感じない〉。感じないって（笑）。
いとう――感じないと見せてるんだと俺は思うけどね。疑心暗鬼派としては。
奥泉――そうだね。感じてますよ、絶対。〈しかも、例の如く男を酔わせる調子で、／「御金は、あすこじゃ頂けないのよ」といった。三四郎は落胆した。／二人はまた無言で五、六間来た。三四郎は突然口を開いた〉。
いとう――〈「本当は金を返しに行ったのじゃありません」／美禰子はしばらく返事をしなかった。やがて、静かにいった〉。
奥泉――〈「御金は私も要りません。持っていらっしゃい」／三四郎は堪えられなくなった。急に、〉。
いとう――〈「ただ、あなたに会いたいから行ったのです」〉。
奥泉――出た！　ついにここまで言いましたよ。

いとう――三四郎は、さっきとほぼ同じことしか言えない（笑）。でもそこがいい。このシーンが男たちを酔わせてきたのは、そこですよね。

奥泉――そうそう。しかし女は三四郎を見ないんですよ。**〈その時三四郎の耳に、女の口を洩れた微かな溜息が聞えた。／「御金は……」〉**。

いとう――**〈「金なんぞ……」〉**。

奥泉――**〈二人の会話は双方とも意味をなさないで、途中で切れた。それなりで、また小半町ほど来た〉**。曖昧にされちゃうんですよ。そのとき、向こうから美禰子の結婚相手が来るんです。

いとう――はい。美禰子には結婚相手がこのときもうすでにいますから。

奥泉――**〈向から車が走けて来た。黒い帽子を被って、金縁の眼鏡を掛けて、遠くから見ても色光沢の好い男が乗っている〉**。

いとう――わかりやすい。セレブだよね。

奥泉――東幹久ですよ*（笑）。婚約者かどうかはすぐにはわからないんだけど、婚約者なんですよね。告白のシーンの直後に婚約者を登場させるところに、漱石の残酷さがあります。

いとう――残酷ですね。おそらく、車が来たところで連載のその回は終わるんでしょうね。みんな一日、あれが結婚相手だったら失恋だわ、と思いながら翌日の朝日新聞が待ち遠しい。

奥泉――それで三四郎は与次郎に慰められる。あの女はもともと君には無理だったとか言われちゃって、それで三四郎はインフルエンザになっちゃうんですよ。高熱を出す。

いとう――あーあ、熱出しちゃった（笑）。きりないからもう終わりますけど、『三四郎』は**物語というよりはシーン、シーンが推移していく小説**なんです。それを楽しまない限り、『三四郎』を読んでも面白くない。

奥泉——やっぱり一つの画として。

いとう——その「感じ」としてね。

奥泉——そうそう。物語ではなく、ある種の美的感覚を定着させようとしている部分を読まないと面白くないということですね。

＊　ちょっと違うかな。むしろ及川光博とか。それも違うか。（奥泉）

猫温泉にゆっくり
お入りください

『吾輩は猫である』

二〇一六年
一〇月二四日
成城ホール

漱石 吾輩は猫である

我輩じゃなくて
吾輩かー
どっちかいつも迷っちゃう
…

吾輩は

夏目漱石が最初に書いた長編小説。

一九〇五年（明治三八）～一九〇六年（明治三九）、雑誌「ホトトギス」に連載された。

珍野苦沙弥に飼われた猫（吾輩）の目から、人間たちの生態を面白おかしく、
かつ風刺的に描いた作品は大人気となり、パロディ作品も多数作られた。

「吾輩は猫である。名前はまだない」という冒頭の一文は有名。

奥泉――皆さん、文芸漫談にようこそ。本日はなんと言ってもあれですよ。僕たちが文芸漫談を何年もやりながら、これまでは避けてきたあの小説がついに！

いとう――好きすぎて、できなかった作品です。夏目漱石の『吾輩は猫である』。

奥泉――どうします？

いとう――どうしますって言われても。どう語ればいいかもわかんない。

奥泉――僕はテニスをちょっとやってるんですが、スクールへ行ったりすると、世の中にはいろんなコーチがいるのがわかる。テニスはとてもうまいけど、なにも教えられないコーチとか。そういう人は、子供のときから何千球、何万球と毎日毎日打ってうまくなった。だから人に教える術を持たないの。

いとう――野球で言えば長嶋茂雄みたいな、言語化できない人ね。

奥泉――そう。つまり『吾輩は猫である』は僕にとって、そんな感じの小説なんです。子供のときに初めて読んで以来、何百回と読んできたために、もはや他人に面白さを伝達できない。

いとう――いっときは部分的に暗唱できたんですって？

奥泉――覚えてましたね。だから『猫』を全然読んだことがないとか、読んだけど面白さがわからないという人がいたら、僕からすると、それは荒涼の砂漠を歩む人です。

いとう――え、砂漠の民？
奥泉――彼らは寒風吹きすさぶツンドラや砂漠みたいなところをとぼとぼ歩いている。一方、

僕は猫温泉に浸かっている。

いとう――猫温泉……そうなの？
奥泉――すると砂漠の民が「あ、そこ、なんかよさそうですね」なんて言って、「猫温泉のよさを教えてください」と聞いてくる。なんて答えます？
いとう――「お前も入れよ」としか言いようがない。
奥泉――でしょ？　肌がすべすべになるとか、代謝が良くなるとか、効能を語っても仕方ない。「さあ、どうぞお入りなさい」と。それ以外に言葉がない。
いとう――なるほど。今日はここで終わってもいいぐらいですね。
奥泉――ぜひ読んでね。もうこれしかない。
いとう――しかしそうした難物も、対話することで掘り下げてきたのが文芸漫談じゃないですか。ひとりで読むのとはまた違う、セッションでなんとか深めましょう。
奥泉――まあ、ですね。オーケー、やりましょう。あ、その前にひとつだけ。先日、いとうさんが出演した漱石のイベントの話*なんですが、僕も呼ばれて、でも、フルート奏者としてでした（笑）。
いとう――僕はここ一年半ぐらい、安田登さんを師匠に謡（うたい）を習っています。下掛宝生（しもがかりほうしょう）流という、漱石もやっていた謡の流派です。その安田さんが、奥泉さんにぜひフルートでセッションしてほしいって面白いことを言い出して。

奥泉――最近は漱石がらみでイベントに呼ばれることが多いんです。『夏目漱石、読んじゃえば？』という本も出したりして。** で、またかと思っていたら、話はしなくていいですからと。

いとう――僕と安田さんが、漱石の『夢十夜』をめぐって一時間ぐらい話をしていたかな、途中でハッと、近くに座っている奥泉さんに気づいた。ほんとしゃべりたそうにうずうずしてたよ。鼻息の荒い闘牛を、こちらはまあまあとなだめる感じだった。

奥泉――そうだったかも（笑）。しかし、安田さんの、漱石と謡曲の関連、そこから漱石作品を見る視座がとても刺激的でしたね。僕は『草枕』にはほとんど構造がなくて、一種のセンスだけで書かれた作品だと考えていましたが、実は能の構造、謡曲の背骨をひそかに使っているのではないかという指摘もあり。

いとう――『夢十夜』の第一夜が実は謡の構造だとか。またこの話はどこかで披露できるといいですね。***

◉苦沙弥先生の愛読していた新聞とは？

奥泉――考えてみたら、『猫』を頭からしまいまで通読したのは、二十年ぶりぐらい。ずっと読

＊　二〇一六年十月に神楽坂 la kagu（ラカグ）で行なわれた〈いとうせいこう×安田登「漱石と能」トーク、そして、奥泉光＋玉川奈々福での『夢十夜』の語りの夕べ〉。
＊＊　二〇一五年四月、河出書房新社より「14歳の世渡り術」シリーズとして刊行。
＊＊＊　「新潮」二〇一七年二月号にそちらはそちらで掲載とあいなっております。（いとう）

んではいますが、普段はところどころ目についたところを読むだけだから。別に最初から順に読む必要はないし、そういうランダムな読み方に堪えるテキストです。物語自体はたいしたものじゃないですしね。

いとう――奥泉さんが、小説はどこから読み始めてもどこで読み終わってもいいとよくいうのは、おそらく『猫』を念頭に置いた発言ですね。

奥泉――ですね。小説は部分的に読んで面白くなければだめだというのが僕の持論です。最初から最後まで読み通さなきゃいけない病にかかってる人が大勢いて、僕も昔は罹患してましたが、実はそんなことは全然ない。

猫温泉では、パッと開いたところを読めばいい。

いとう――それで、「いいニャー」って。

奥泉――「面白いニャー」って。それでもうオーケー。

いとう――なるほど（笑）。

奥泉――もちろんパスティーシュ小説である『「吾輩は猫である」殺人事件*』を自分で書いたときは、何度も綿密に読みましたけど。今回久々に通読して、参った、なんて面白いんだと。もう今日だけで五百回ぐらい面白いと言ってしまいそうですが、まずは漱石がこの小説を書いた経緯を簡単にまとめますね。

漱石は一八六七（慶応三）年生まれ。明治政府の成立が六八年なので、明治と共に生きたと言えます。そこから一遍に端折（はしょ）りまして、英文学の研究のために、一九〇〇（明治三十三）年の九月に英国へ留学します。帰ってきたのが〇三年。長いと言えばけっこう長い。

いとう――先日、神奈川近代文学館で漱石の遺品のフロックコートを一緒に見ましたね。肩幅が狭くて、背丈も小さい。漱石がイギリスで外国人に挟まれて、自分なんてほんとに小さな人間だと思うのは、それは端的に本人の体が小さかったからでもある。

奥泉――あれには僕も驚きました。

いとう――今年（二〇一六年）が漱石没後百年、来年が生誕百五十年だそうで、けっこう漱石を題材にしたドラマが作られていて、たいがい素敵な俳優がやってるでしょ。長谷川博己とか。あんな容姿じゃないことはたしかです。

奥泉――もっと小柄で華奢じゃないとね。で、漱石は帰国後、留学のおかげもあって一高や帝大の講師になり、キャリアアップします。ところが、一九〇四（明治三十七）年あたりは病気。神経衰弱になっちゃう。

いとう――人には教えられるけど、自分で表現するとかはできない。これ、ソシュールのある時期と同じだ。ソシュールだとアナグラムの研究**に没頭しちゃうんだけど、漱石はそっちには行かない。いや、もしかして、『文学論』考えてて行っちゃってたのかも。

奥泉――一九〇四年は日本という国にとっては重大な年で、二月八日に日露戦争が開戦している。人によっては戦争で元気になる場合もあるけれども、漱石はそうではなかった。

いとう――実際に日露戦争のことは、『猫』にも出てきますね。

奥泉――第一章に主人の日記が出てくる。その日記の日付が十二月一日と十二月四日。十二月四

＊　一九九六年一月、新潮社より単行本として刊行。現在は河出文庫より刊行中。
＊＊　くわしくはネット上にある私の「55ノート」を検索してみてください。（いとう）

日は、実は乃木大将が二百三高地を攻略した日なんです。今回は、日露戦争と『猫』というテーマまでは展開できませんが、この日付の出し方はとても興味深いと思いますよ。

いとう――わざわざ陥落させた日を書き込んだんだ。ちなみに僕はさっきまでNHKの番組の仕事で、葛飾北斎について話してました。文化文政の江戸カルチャーの全盛期。そこから漱石の時代までは意外と近いんですね。滝沢馬琴が支配する、勧善懲悪の荒唐無稽な物語の時代からどう抜けるかが、モダニズムの課題でした。近代戦争との比較も興味深いですね。

奥泉――そんな中、漱石は『吾輩は猫である』の第一章を一九〇四年の十二月に書き始めます。できてすぐ高浜虚子たちに見せ、朗読したりする。それを虚子が評価して、一九〇五年の一月から「ホトトギス」で連載がスタートする。ただし連載は毎月ではなくて、断続的にぽつぽつと。最終回の第十一章の掲載は、一九〇六年の八月です。

いとう――デビュー小説が連載ってのも、今だと珍しい。

奥泉――ところが年譜を見るとわかるように、同年九月に『草枕』も発表しているんですよ。

いとう――そうでした！　『猫』と『草枕』はかぶってる。その証拠というかな、『猫』の第八章に、**〈丸いものはごろごろどこへでも苦なしに行けるが四角なものはころがるに骨が折れるばかりじゃない、転がるたびに角がすれて痛いものだ。どうせ自分一人の世の中じゃなし、そう自分の思うように人はならないさ〉**とあります。これは**ほぼ、『草枕』の冒頭と同じ**ですね。

奥泉――しかも『草枕』の前に『坊っちゃん』を一九〇六年四月に出す。『漾虚集（ようきょしゅう）』とタイトルのついた初期短編集――『琴のそら音（ね）』とか『倫敦塔（ロンドンとう）』とか『一夜』とかが入っている作品集――が〇六年の五月に出る。このあたりめちゃくちゃな仕事量ですよ。

いとう——超速書き。しかも六章に、〈先達ても私の友人で送籍という男が『一夜』という短篇をかきましたが〉なんてあって、漱石を送籍とふざけた言い換えをしながら、楽屋落ちを入れてる。

奥泉——入れてます、入れてます。

いとう——『猫』を書くことがすべてのパワーの源になっていたんでしょうね。

奥泉——そう。作家漱石の誕生のきっかけとなった『猫』と、初期の代表作『坊っちゃん』『漾虚集』『草枕』が同時並行で書かれていたことは押さえておきたい、つまり漱石は多様なスタイルの小説を次々試しながら作家になっていったんです。

いとう——問題はなぜ小説を書き始めたかということ。おそらく虚子が漱石に、ちょっと好きなことを軽い気持ちで書いてみたら、とアドバイスしたわけでしょう。神経衰弱からのリハビリとして。

奥泉——ですね。漱石は『文学論』という著作に、留学時代に学んだことをまとめています。しかしこれは今読んでもとっても難解。数式みたいな、ほとんど手作りの概念装置で文学の意義を解明しようとしている。おそらく英語で考えたんだと思います。それは日本語を失う体験だったと自分で言っていますね。

いとう——僕もパニック障害で苦しんだ時期があったので、こういう状態からの脱却を、小説を書くことで成し得たのはドラマティックに感じるなあ。高浜虚子という治癒能力のあるやつが、編集者的な目でこんなふざけたことを書かせた。すると、みるみる治って傑作をバンバン生み出す。

奥泉——日本近代文学史に残る奇跡が起きた。

いとう——『猫』の初期は、虚子との共作のような作業があったらしいですね。複数性をはらんだ創作というか、とにかく面白いことを書こうよと。

奥泉――なるほど。とにかく**漱石にとっては創作が自己治癒だった**。実は僕が小説を書いたモチベーションにもそういうところがあって、まあメダカがクジラに自分をたとえるようで恐縮ですが、僕は二十歳代は古代中近東の社会経済史を勉強していたんです。それで、ドイツ語の学術書の翻訳*を三年ほどやったかな。それがやっと終わったとき、神経衰弱にはならず明るく暮らしてはいたけれど、やっぱり日本語を失った感覚があった。それで、言葉を取り戻したいという気持ちが生じて、小説を書こうとしたんだと思う。

いとう――じゃあその翻訳の体験がなければ、小説を書くつもりじゃなかった?

奥泉――まるっきりなかったですね。小説は好きで読んでいたけど、自分が書くとは想像もしていなかった。アクシデンシャルに小説家になったという感じがある。漱石もそうなんじゃないかな。それで一九〇六年の八月に『猫』を終えた漱石は、翌年の四月には大学の先生を辞めて、朝日新聞に入社してしまう。転身もあっという間。そこからはご存じのように『虞美人草』以下、いくつもの長編を書きます。

いとう――ちなみにこの小説の最後のほうに「読売新聞」って、出てくるんですね。

奥泉――そう。これは『吾輩は猫である』のトリビア問題になりますよね。**「苦沙弥先生は何新聞を購読していたか?」**。

いとう――答えは、読売新聞。読者をくすぐっているよね。

奥泉――朝日新聞への入社が打診されつつあって、あえて読売と書いたのかもしれない。だとしたら、そのセンスはちょっと笑えます。しかも朝日と読売はともに、明治時代初期のいわゆる小新聞から始まった新聞で、東京日日新聞などのステータス紙と比べると、まあ今のスポーツ新聞みたいなもの。

いとう――いつも言うけど、東大の先生がAbema TVみたいなネット新メディアに入社するみたいな事態。おそらく漱石は、新聞界を変える、小説で変えるという自負を持っていたんでしょうね。

◉猫を超えた猫、スーパー猫

奥泉――中身に入ります。第一章がこれだけで完結しているのは、少し読めばわかる。ひとつの完結した作物として漱石はこれを書いた。それが「ホトトギス」に発表されて、評判がいいので続きが書かれたわけですが、第一章では、苦沙弥先生の名前はまだ出てこないし、美学者は出てきますが、やはり迷亭の名前では呼ばれない。続く第二章は全体の中でとても充実していて、僕はここがいちばん好きですが、主人＝苦沙弥と明記されるのは第三章から。物語が動き出すのもここからですね。

いとう――第一章が完結していることを端的に示すのが、**〈この垣根の穴は今日（こんにち）に至るまで吾輩が隣家（となり）の三毛（みけ）を訪問する時の通路になっている〉**という文。「今日に至る」って書かれると、普通は「吾輩」が今日まで生きていると読者は読みます。でも残念なことに、結末はそうではない。

＊　H・G・キッペンベルク著『古代ユダヤ社会史』。紺野馨氏との共訳。（一九八六年、教文館）

ここだけでも、漱石が「吾輩」を殺すつもりなどなく、独立した第一章を書こうとした証拠と言える。

奥泉――そうですね。明らかに一章は他とは位相が違います。二章もだいぶ違う。今回久々に通読して、三章から十一章には意外と筋があって、物語が動いているなと思いました。物語の構図を簡単にまとめれば、金田というブルジョワ実業家一味vs貧乏英語教師苦沙弥とその仲間、という図式です。金田一派は、近所の車屋のおかみとか、学校の津木ピン助や福地キシャゴなんかを使って、苦沙弥先生を追い詰めていく。

いとう――苦沙弥先生は神経を逆なでされて、イライラする。それにしても福地キシャゴ*って、すごい名前だな。

奥泉――二つの勢力が対立するストーリーです。だけど**この小説の面白さはストーリーにはない。**ストーリーは猫温泉の効能のほんの僅かな部分でしかない。やっぱりいちばんは、当然のことながら、猫の語りの面白さ、素晴らしさ。

いとう――僕は、『吾輩は猫である』というタイトル、ないしは冒頭の〈**吾輩は猫である**〉に語りのすべてが表れていると思います。猫なんて本当に小さなものに、「吾輩」という偉そうな言葉を宛てる表現。これが、「僕は猫だよ」だったら全然つまらない。猫が吾輩と言い出す落差が、ユーモアの構造を支えています。

奥泉――ですね。つまり主人公の語り手は「猫」と「吾輩」のハイブリッドになっている。猫は「猫性」と「吾輩性」をともに持つわけで、語り手の「吾輩」はとにかくものすごく博識。外国語もできるし、漢学の知識もある。ひと言でいえば、すごいやつです。なにしろ人間の言葉は完壁にわかるし、日記も読める。

いとう――一瞬で読めちゃうんだよね。そんなすごい猫がなんで捨てられてニャーニャー鳴いていたのかねえ。

奥泉――猫の「吾輩性」はいったん脇へ措いて、「猫性」のほうにまずは注目すると、これ、なに猫だかわかりました？　過去の本の挿絵などではいろいろに描かれているんですけど、しかし最初のほうにはっきり記述がありますよ。〈吾輩は波斯産の猫の如く黄を含める淡灰色に漆の如き斑入りの皮膚を有している〉

いとう――どういう色？　薄いベージュに、ちょっと黄色みのぶちが入ってるの？　いや漆だから、黄色みがかった薄いベージュに、黒に近い茶色のぶちか。

奥泉――わりと外見は普通なのかな。でも中身はすごい。

いとう――人がなにを言い、なにを考えているか、全部お見通しなんだから。漱石も仕方なしに、「吾輩」が読心術をマスターしていることにしてますね。

奥泉――九章の終わりです。〈吾輩は猫である。猫のくせにどうして主人の心中をかく精密に記述し得るかと疑うものがあるかも知れんが、この位の事は猫にとって何でもない。吾輩はこれで読心術を心得ている。（中略）人間の膝の上へ乗って眠っているうちに、吾輩は吾輩の柔かな毛衣をそっと人間の腹にこすり付ける。すると一道の電気が起って彼の腹の中の行きさつが手にとるように吾輩の心眼に映ずる〉。

＊　こういうところに江戸の戯作の尻尾を味わいましょう。（いとう）

いとう――とんでもない仕組みじゃない？　お腹の上でごろごろしたら、ピピピってわかっちゃう。ここは「一人称多元」という特殊な人称と考えるといいです。一人称「吾輩」を使う語り手だけど、主人たちの行動や心理を読めてしまうので多元になる。猫を超えちゃってるんです。

奥泉――**スーパー猫だ。**

いとう――それだとスーパーで飼われてる猫みたい（笑）。

奥泉――僕は、自分の小説（『ビビビ・ビ・バップ』*）では、宇宙のどこかに森羅万象を収めたデータベースがあって、猫はそこにアクセスできるとしました。

いとう――もう、神じゃないの。

奥泉――そう。語り手という神。しかし僕の猫も『猫』の「吾輩」も、しゃべることだけはできないんだよ。せめてテレパシーで自分の考えを人間に伝えられるといいのに、それもできない。

いとう――ああ、人間語をしゃべれないんだね。でもこれって、漱石っぽい。コミュニケーションの齟齬（そご）が常にあり、不均衡で、人とコミュニケーションできたかどうかわからないという問題は、『坊っちゃん』だろうがなんだろうが、漱石作品の主人公が常に持っているもどかしさだと奥泉さんが年来言ってるやつ。

奥泉――まったくそうです。ちょっと真面目に言うと、僕は漱石の基本テーマは「孤独」だと思っています。テーマというより、どの小説にも出てきてしまう漱石の根本問題ですね。これは単に群れから離れていく性質の孤独ではなくて、他人と関係を持とうとし、コミュニケーションしようとするけれど、それに失敗してしまう者の孤独です。

いとう――人の膝の上に乗り、相手の言うこともわかるし、自分もいろんなことを思うのに、人間語をしゃべることだけはできなくてニャーニャーとしか言えない。この**「吾輩」の姿って、漱石自身の体験や人生観と重なっている**といえば重なっている。

奥泉――この猫くらい孤独な存在はあまりない。僕が第二章が好きなのは、そこには仲間友達の猫がいるからです。三毛子とか黒とか。

いとう――ああ、いるよね、猫の世界がある。

奥泉――猫同士でコミュニケーションがとれているから、「吾輩」も幸せそうだもん。しかし二章のおしまいで、三毛子が死んじゃうんです。黒も魚屋の天秤棒にやられて、ボスの座から失脚する。すると三章は、〈**三毛子は死ぬ、黒は相手にならず、聊か寂寞の感はあるが**〉と始まるんですよ。〈**幸い人間に知己が出来たのでさほど退屈とも思わぬ**〉なんて言ってますが、以降は仲間の猫が出てきません。「吾輩」と人間だけの世界になる。

いとう――砂漠を行くようではないですか。

奥泉――かわいそうで、かわいそうで、もう胸が痛む。典型的なシーンが七章にあります。風呂屋から帰ってきた苦沙弥先生が、奥さんに〈**「おい、その猫の頭をちょっと撲って見ろ」**〉と言うんですよ。〈**「撲てば、どうするんですか」／「どうしてもいいからちょっと撲って見ろ」**〉。「吾輩」はなんだかわからないまま、黙って耐えます。すると、主人がさらに〈**「おい、ちょっと鳴くようにぶって見ろ」**〉と。すると「吾輩」は、そこから一ページ半にわたって、だったら最初からそう言ってくれよと嘆いて主人を論難する。

＊　二〇一六年六月、講談社より刊行。

いとう――鳴けと言ってくれれば、やるのにと。

奥泉――延々と主人の愚を批判して、しかる後に、にゃーと注文通り鳴いてやるわけ。そうすると、**〈主人は細君に向って「今鳴いた、にゃあという声は感投詞か、副詞か何だか知ってるか」と聞いた〉**。バカだよね。

いとう――猫、かわいそうだよね。せっかく鳴いてあげたのに、奥さんのほうを向いちゃって、にゃーの内容を聞いてくれないんだから。せめて猫本人に、「今の感投詞？」とか聞いてほしい。

奥泉――ここ、コミュニケーションの齟齬がすごくないですか。

いとう――うん、乖離（かいり）しまくってる。

奥泉――一方は相手の言葉を完璧に理解できる。もう一方はまったくそのことを知らない。この乖離の構造が、作品の大きな特徴となります。僕は自分が『「吾輩は猫である」殺人事件』をどうして書いたか、あとになってひそかな動機に気がついたんです。早い話が「吾輩」に友達を作ってやりたかった。僕の小説では三毛子も生きているんです（笑）。

いとう――いい話！　それはよかった。奥泉さん、いいことしたよね。

奥泉――ついでに言うと、僕は『坊っちゃん』を下敷きにした小説も書きましたが、*そこでは坊っちゃんにも友達ができる。どうも**僕には漱石の孤独をなんとかしたいという気持ちがある**みたいなんですね。

いとう――それが小説を書く動機になってる。先行テキストの問題点を、あとから書く人が救うこと**も可能だというのは、小説の面白い点ですね。

◉やってることは『トムとジェリー』

奥泉――さっきいとうさんが言った、「猫」と「吾輩」を組み合わせることでできるギャップは、自然とアイロニーの構造を持つ。アイロニーとは、きわめてわかりやすく言えば「上から目線」。でもその視線の中に優しさや慈しみがこめられているのが、漱石なんですね。

いとう――アイロニーは「吾輩」という言葉にあり、ユーモアは「猫」が主人公であること、と言っていいかも。

奥泉――この小説のアイロニーは、二方向に作用します。ひとつは人間たちに向けられる視線。猫が苦沙弥先生をはじめ、寒月（かんげつ）、迷亭（めいてい）、八木独仙（やぎどくせん）といった人たちを眺める視線は圧倒的に上からです。苦沙弥先生、猫に相当見下されていますよ。

いとう――猫なのに、一人前に人を見下す。

奥泉――ただし苦沙弥先生に対する視線には、どこか優しさや愛も感じさせる。それがユーモアとなるわけですが、もうひとつアイロニーが向かう先は猫自身です。それは語り手である猫の「吾輩性」と「猫性」の落差から生まれる。猫はなにしろしょせん猫なので、声を出せばニャー

* 『坊っちゃん忍者幕末見聞録』。二〇〇一年十月、中央公論新社より刊行、現在は河出文庫より刊行中。

** 旧約聖書『ヨブ記』でも、読者の一人がヨブと友人たちの議論にあきたらず、エリフという名前で途中で介入してくる。もっともエリフの思想はいまひとつ深みを欠く。（奥泉）

としか言えない。

いとう――やっぱり不均衡な関係だ。さらに言うと、僕が感じているこの語りの面白さは、落語に近い構造があると思うんです。たとえば長屋のなんでもないおじさんが、ちょっと漢語で面白いことを言ったりして、そこにある種の落差が生まれる。これって要するに、現実にある生々しいものからどう距離を取るかの計算なんですね。猫なんだけど、「吾輩は」と構えて視点を引き離しちゃう。僕はこれはユーモアだと思うけど、漱石にとって、この距離の取り方が、神経症からの回復につながったと考えてます。

奥泉――治癒の効果といえば、やっぱり僕たちも、この小説を読むことで癒されてる気がしませんか。というか、**人間を癒すものとしてユーモアはある**と、改めて確信できる。

いとう――もう結論めきますが、**『吾輩は猫である』を読むと、自分も小説を書きたくなる**んですよね、確実に。実際に、この小説のパロディー作品って、明治時代からごまんと作られている。みんな、読んだら書きたくなっちゃったんだろうな。

奥泉――僕なんか、その欲望だけで作家をやってるといっていいしね。

いとう――漱石って、創作速度がものすごい速いじゃない？　ボンボンボンボン書くじゃないですか。あれは、書くたびに自分にツッコミを入れていくから速いんですよ。たとえば、「吾輩は猫である」とえらそうに書いといて、「名前はまだない」と落差をつける。吾輩とか言ってるのに、名前もないんだというツッコミが入ってくる。自分が書いたことに自分でツッコんでいくんです。これをやってると、自分っていうものがスイングしてくる。

奥泉――なるほど、なるほど。

いとう――右から左に行ったり来たり。このスイングにだんだん僕らもノッてきて、自分も書きたくなるんですね。

奥泉――共振するというのはよくわかるな。じゃあ、「吾輩性」と「猫性」の落差がうまくユーモアを生んでる部分を具体的に見てみましょうか。もうどこでもいいんですが、鼠を捕るシーンなんてどうですか。第五章です。五章では寒月似の泥棒に入られるというエピソードがあって、その後で、猫が鼠を捕ろうとする。漱石がすごいのは、たかが鼠を捕るだけの話にものすごい分量を割いている点。まずは二ページ半にわたって、なぜ吾輩が鼠を捕らなければならぬかを展開する。

いとう――なにしろ吾輩なんだから、座ってればいいはずなのにと。

奥泉――でも多々良（たたら）三平君が、煮て食うからこの猫が欲しいとか言い出して、これではいけないと。鼠を捕るなんて月並みなことはしたくないが、少しは役に立つところを見せないとまずいと考える。〈吾輩は頭を以て活動すべき天命を受けてこの娑婆（しゃば）に出現したほどの古今来（ここんらい）の猫であれば、非常に大事な身体（からだ）である〉。このあたり、完全に「吾輩性」が炸裂しています。

いとう――そりゃあ、猫鍋にして食われちゃたまらないもんね。

奥泉――〈千金の子は堂陲（しどうすい）に坐せずとの諺（ことわざ）もある事なれば、好んで超邁（ちょうまい）を宗（そう）として、徒（いたず）らにわが身の危険を求むるのは単に自己の災なるのみならず、また大いに天意に背く訳である〉。

いとう――難しいね。でも面白い。猫の言葉とはとうてい思えない（笑）。

奥泉――この難しさが、しびれます。こういう切れ味のよいフレーズがどんどんつながっていく。この猫は僕より頭いいですよ。

いとう――意味がよくわからないよね。

奥泉――わからないけど、かっこいい。このあと、虎だって動物園に行くと豚と同じになっちゃうし、素晴らしい雁も鳥屋に行ったらまな板にのっちゃうのと同じで、吾輩のような素晴らしい猫でも、つまらない人間と付き合うと凡猫になる、といったことが滔々と語られる。**〈庸人と相互する以上は下って庸猫と化せざるべからず〉**。

いとう――「庸猫」っていい言葉だよね。わけわからないけど（笑）。

奥泉――この調子で文庫にして二ページ半ほど、なぜ吾輩が鼠を捕るべきかを語る。まずは捕ることにしたという段階でこの調子。こんなに書く必要は全然ないよね。

いとう――必要はないし、書こうと思っても普通は書けない。漱石が教養のすべてを注いで、楽しんで書いているのが伝わってきます。

奥泉――こういうふうに**どんどんと言葉が言葉を引き出していくところが『猫』の魅力**なんですね。あと、描写もいいんだよね。まとまった描写はあまりないけれど、短い描写がとても美しいんですよ。

いとう――鼠が出てきて動きまわる、アクティヴなシーンもいい。

奥泉――今台所です。**〈春の日はきのうの如く暮れて、折々の風に誘わるる花吹雪が台所の腰障子の破れから飛び込んで手桶の中に浮ぶ影が、薄暗き勝手用のランプの光りに白く見える〉**。

いとう――これぞ、漱石っていう文章です。

奥泉――これを書くのは簡単じゃないですよ。漱石は自分の持てる言葉のパワーを最大限に費やしている。

いとう――いや、でも、鼠をなぜ捕るかを理屈で語るところは、教養もがんがんに出して書きまくるけれど、この台所の描写はちょっと沈思黙考して、トーンを抑えているようにも見えます。静かなんだけど、この一ページの描写は見事のひと言。

奥泉――で、台所の描写が終わると、いよいよ鼠捕りの作戦です。これは日本海海戦のパロディーになっています。〈どの方面から来るかなと台所の真中に立って四方を見廻わす。何だか東郷大将のような心持がする〉。三方向から鼠が来る可能性がある。しかしどの方向から来るかわからない。

いとう――なるほど、日露戦争のバルチック艦隊のときと同じなんだ。

奥泉――〈それにしても三方から攻撃される懸念がある。一口なら片眼でも退治して見せる。二口ならどうにか、こうにか遣って退ける自信がある。しかし三口となると如何に本能的に鼠を捕るべく予期せらるる吾輩も手の付けようがない。（中略）どうしたら好かろうと考えて好い智慧が出ない時は、そんな事は起る気遣はないと決めるのが一番安心を得る近道である〉。

いとう――はははは。結局わかんないから、三方からは来ないことにしようと。だめじゃん、吾輩。

奥泉――こういうユーモアと、〈惜し気もなく散る彼岸桜を誘うて、颯と吹き込む風に驚ろいて眼を覚ますと〉みたいな美しい風景描写が幾重にも幾重にも重ねられて、延々と鼠捕りの話が続いていく。で、いよいよ鼠登場。へっついの陰でコトリと音がするのね。するとこれまでは「吾輩性」を存分に発揮していたのに、だんだん「猫性」が強くなっていくんですよ。ただの猫のふるまいになっちゃう。〈風呂場へ廻ると、敵は戸棚から馳け出し、戸棚を警戒すると流しから飛び上り、台所の真中に頑張っていると三方面とも少々ずつ騒ぎ立てる。（中略）吾輩は十五、六回はあちら、こちらと気を疲らし心を労らして奔走努力して見たが遂に一度も成功しない〉。猫ってこういう動きをするよね。

いとう――条件反射的に、パッパッパッと。

奥泉――でも全然捕まえられなくて、〈ぼーとしたあとは勝手にしろ、どうせ気の利いた事は出来ないのだからと軽蔑の極眠たくなる。吾輩は以上の径路をたどって、遂に眠くなった。吾輩は眠る。休養は敵中にあっても必要である〉。で、捕るのをあきらめて寝ちゃう。かわいいよね、こういうとこ。

いとう――ここも落差をあえて作ってある。漱石も、ふっと寝かしちゃおうと思いついたんですね。その思いつきの瞬間が僕らにわかるから、自分たちもクリエイティヴになるんだと思います。

奥泉――描写の美文、教養の炸裂、リズム、フレージング。〈烈しき風のわれを遶ると思えば、戸棚の口から弾丸の如く飛び出した者が、避くる間もあらばこそ、風を切って吾輩の左の耳へ喰いつく〉とあって、鼠に食いつかれちゃう展開の意外性。くどいようですけど、ただ鼠を捕るだけのエピソードで、文の要素が満載なんです。ストーリー上書く必然性は全然ない細部だけど、でも**これが小説なんですね**。不必要なことを丹念に積み重ねる。鼠をとるシーンをこれほどの情熱で書く漱石に、今回あらためて感動しました。

いとう――二十ページとか、軽くあるもんね。食いつかれたあとも、アクロバティックな捕りもの騒動が続きます。

奥泉――台の上に飛び上がろうとした猫が失敗して、前足だけで体を支え、後ろ足が宙ぶらりんになる。すると尻尾に鼠が食いついちゃう。〈前足を懸け易えて足懸りを深くしようとする。懸

け易える度に尻尾の重みで浅くなる。二、三分滑れば落ちねばならぬ。吾輩はいよいよ危うい。（中略）これではならぬと左の前足を抜き易える拍子に、爪を見事に懸け損じたので吾輩は右の爪一本で棚からぶら下った〉。

いとう――片手だ。猫、よくやるよね。

奥泉――こうなるともう完全にただの猫。あれほど威張ってバルチック艦隊がどうしたこうしたと言っていた「吾輩性」はすっかり消えて、どんどん「猫性」が露呈します。

いとう――内面描写から、動作が主になる写生へ。書く対象の振り幅がすごいと思います。

奥泉――**〈吾輩の爪は一縷のかかりを失う。三つの塊まりが一つとなって月の光を竪に切って下へ落ちる〉。**

いとう――**やってることは、『トムとジェリー』ですよ。**だけど『トムとジェリー』をこんなふうに書く人はめったにいない。

奥泉――いないですね。ある意味バカバカしいエピソードでしょう。なにかもっと深遠というか高尚というか、人生の機微や奥行きを書くのが文学だというイメージがある。でも、ただの猫と鼠の戦争を、ここまで力をこめて、力を振り絞って、文にしていく。

いとう――文の力がすごい。でももし漱石が、現実とその苦悩みたいな人生の奥行きについて書いていたら、病気は治っていなかった。これを書いたから、神経症から脱却して、『草枕』まで着手することができたんです。だから人間の心に、ユーモアがどれだけ大事かという話ですよ。

奥泉――大事ですよね。ほんとに大事。漱石の場合、英語も、漢文もできる。言葉の教養がある。その自分が持てる言葉の力を最大限にぶつけてユーモアを生み出している。

いとう――僕はそこに、虚子という一人の特別な読者を見ている漱石がいると思うなあ。虚子を喜ばすために、くだらないことに力を注ぐことができたんだと思います。

◉虚子×漱石……? 漱石自身が反映されたメタ小説

いとう――そこで今回は、実験的に言ってみるんだけど、苦沙弥先生にはいわゆるミソジニー的な、つまり女性をちょっと小バカにしたり、女は嫌だと感じたりしている部分があると、透けて見える気がするんです。最終章ですね。

〈「女というものは始末におえない物件だからなあ」と主人は喟然（きぜん）として大息（たいそく）を洩（も）らした。（中略）「ともかくも女は全然不必要な者だ」と主人がいうと、／「そんな事をいうと妻君が後で御機嫌（ごきげん）がわるいぜ」と笑いながら迷亭先生が注意する。／「なに大丈夫だ」〉。

奥泉――たしかにありますね。

いとう――二人は、女はバカだといったことを延々としゃべりますね。僕、ここにやっぱり**虚子と漱石とのホモソーシャル的、ホモセクシャル的ななにかがある**＊と思います。これが『こころ』までつながっていくような。

奥泉――ああ、なるほど。『こころ』の世界につながっていくんだ。

いとう――女性嫌いの男たち。今引用したようなシーンを、誰に向かって書いたのかって考えると、さっきの鼠捕りのシーンが虚子を喜ばせるためにあったとしたら同じと思うんです。この小説はもともと、虚子と二人できっと身を寄せ合うようにして合作した。治癒には、そういう力もあったと思いますよ。

奥泉――今の話にちょっとつけるなら、十章の終わりのところで、例の金田の娘に恋文をいたずらで書いた学生が苦沙弥先生の家に相談に来るんですね。それを雪江という姪の娘と細君が陰でずっと見て笑っている。このことを「吾輩」はかなり批判的に語りますね。つまり、女性の持つ人の悪さを批判する。

いとう――本当にそうした関係があるかないかはどうでもいいんです。そうじゃなくて、一定の同一の共同体が、ある文学をめぐって共同的になにかをしているときに生まれる、すごくホモジニアスな感覚ね。僕は単純にこれを批判するものではありません。あってくれたからこそこの小説が始まったし、この後の作家夏目漱石が生まれたと思います。その上で言いたい。ヘイトは面白くないぞ、と。

奥泉――たしかにね。

いとう――虚子との関係で言えば、第二章に〈書を読むや躍るや猫の春一日(ひとひ)〉という一句がぽんと入っているでしょう。猫が書を読んだり躍ったりしている春の一日であるという、のんびり感。句会かなにかでこれが詠まれて、ここから小説の土台が始まれたのかなと想像しちゃいますね。

奥泉――なるほど、なるほど。

いとう――三章ぐらいまでは、中心になる俳句があり、**俳句をめぐって別世界が開かれていっ**

＊　このあたりからの漱石と虚子の関係をめぐるいとうさんの分析は、僕はあまり考えたことがなかった。熟考に価する。（奥泉）

たイメージがあります。虚子も含む座の力で、物語の要素ができていくような。

奥泉——俳句と散文には親和性がある。俳句は散文に近い。

いとう——写生だから。

奥泉——そういう意味で、全体にある種の俳句的ムードが漂っているというのは、正しい指摘でしょうね。

いとう——俳体詩という俳句の体をした詩のことを盛んに言ったりしていますし。漱石には『永日小品』というエッセイ集があります。正月に謡をうたおうとすると、虚子がものすごくうまくうたうんです。それを漱石はからかっている。あ、仲がいいから書いたんだなって思えるものです。

奥泉——神経症ということを措いても、そういう場から文学ができてきたと。

いとう——そう。共同体の、慣れ親しんだもの同士が交わす会話に、ユーモアとアイロニーが守られている。あ、そういうことなんだろうなと、今回感じました。

◉三毛子と話すときの「吾輩」の幸せ

いとう——しかし今回、猫が鼠を捕るシーンしか、僕たち話してないよ！（笑）

奥泉——いやいや、こういう細部こそが本質なので、これでいいんですよ。でもやっぱりもう少しだけ解説すると、漱石による人物造形の面白さはさすがと言えます。僕は迷亭が好きですね。迷亭ファン。

いとう——彼は「吾輩」と同じぐらい漢文を使っていますね。しかもずっこけで。

奥泉――もうあまり時間もないし、どうしても紹介したいところだけ語りますと、有名な三毛子と吾輩のシーン。すごく幸福感が感じられて、僕は好きですね。

いとう――どこ？　お餅を食べて踊るところ？

奥泉――踊ったあとです。ちょっと気分変えようと思って、三毛子に会いに行く。三毛子はきれいなんですよね。**〈天鵞毛(ビロウド)を欺くほどの滑(なめ)らかな満身の毛は春の光りを反射して風なきにむらむらと微動する如くに思われる〉**。実際に三毛猫ってかわいいもんね。

いとう――ガチかわいいですよ。

奥泉――**〈吾輩はしばらく恍惚(こうこつ)として眺めていたが、やがて我に帰ると同時に、低い声で「三毛子さん三毛子さん」といいながら前足で招いた。三毛子は「あら先生」と椽(えん)を下りる〉**。

いとう――ここですね！

奥泉――「先生」って普通に言うんですよ。

いとう――「吾輩」のことを唯一ちゃんと持ち上げてくれるのが三毛子です。

奥泉――三章以下は、人間と「吾輩」である猫しか存在していないので、猫の性格はほとんど描かれなくなります。猫はひたすら観察者として登場する。しかし他者関係の中で「吾輩」がいかなる存在であるかがよく描かれているシーンが、二章のここです。この場面があるおかげで、全体を通じて「吾輩」の印象がビビッドに見えてくると言えます。新年の挨拶を交わすところもいいんだよね。なんて言ったらいいかな、**「吾輩」が幸せそう**なんですよ。

いとう――そう。機嫌がいいよね。人間とは不均衡なコミュニケーションしか成立しない「吾輩」も、ここでは仲間を得てコミュニケーションをはかっている。さっきの三毛子も「と椽を下りる」と、こっちに来てくれるじゃないですか。

奥泉——そうか。気づかなかったけど、そうですね。

いとう——こういう描写がいいんだよね。

奥泉——三毛子と**〈何でも天璋院様の御祐筆の妹の御嫁に行った先きの御っかさんの甥の娘なんだって〉**と会話するシーンも有名。

いとう——典型ギャグだ。落語。

奥泉——僕、この天璋院のところがいちばん好きかも。あーあ、漱石はなんで三毛子をあっさりと殺してしまったんだろうな。ずっと後半まで出せば良かったのに。

いとう——そうですよね。ほんわかしちゃうと思ったのかな。ひょっとしたら虚子が「うーん、どうかね、あの雌猫は」とダメ出ししたとか。

奥泉——どうなのかな。

いとう——僕がこの小説で言っておきたいのは、楽屋落ちもばんばん入るし、やっぱりメタ小説の構造を持つ点ですね。たとえば第二章の冒頭は**〈吾輩は新年来多少有名になったので、猫ながらちょっと鼻が高く感ぜらるるのはありがたい〉**です。有名になったのは、この小説がサロンでウケたということ。みんなが認めてくれたその喜びを、漱石はここに照れながら書き込んじゃうわけです。

奥泉——テキストの構造が持つおかしみといえば、偉大な鼻を持つ金田の細君もおもしろい。第三章で、金田の妻について「吾輩」は、**〈この偉大なる鼻に敬意を表するため、以来はこの女を称して鼻子鼻子と呼ぶつもりである〉**と宣言する。つまり鼻子は渾名です。ところが第四章までくると、夫の金田氏が細君にちょっとしたことを話しかける場面があるんですが、そこで、〈「（前略）**なあ鼻子そうだな**」〉っていきなり言うんですよ。

いとう――これ、おかしいんだよね。夫は妻の鼻が人より大きいからって、鼻子とは絶対に呼ばないからね。

奥泉――テキストの磁力でしょう。敵対する苦沙弥陣営がやたらとバカにして、地の文でも「鼻子鼻子」と語り手の猫が言うから、金田もそれに引っぱられてしまう。

いとう――僕もここに、「メタ？」と書き込んでます。自在すぎる。

奥泉――こういうところが小説の面白いところ。こう書きたいと思っても僕はやっぱり書けないな。

いとう――いや、さすがに編集者が直そうとするんじゃない？　テキスト論的には、みんなが知っていることだから使ってもいいんだけど、やっぱり均衡を欠くと判断されそう。

奥泉――これを直さない素晴らしさね。

いとう――あ、奥泉さん、もう時間！　終わりますよ！

奥泉――えー、まだまだ言うべきことがいっぱいあるんですよ。* でも仕方ないな。なにしろ猫温泉ですからね。皆さん、とにかく**家で猫温泉にゆっくり浸かってください**。

いとう――今日は奥泉さんの暴走回でしたね。

＊　たしかに『猫』の面白さはまだ全然伝えられていない気がする。しかしそれには全文朗読するしかないかも。（奥泉）

ちょっと淋しい童貞小説

『坊っちゃん』

二〇〇七年九月二二日
北沢タウンホール

『坊っちゃん』冒頭の
対義語考えたよー

冒頭の対義語？

＜親譲りの無鉄砲で
子供の時から
損ばかりしている。＞

の、対義語

＜自前のマシンガンで
たった今欲しいものを
手に入れてきた！＞

一九〇六年（明治三九）に発表された中編小説。

東京から四国・松山に赴任した中学教師、江戸っ子「坊っちゃん」が東京に戻るまでを描く。

赤シャツ、野だいこ、山嵐、うらなり、狸など、多彩なキャラクターが登場。

漱石作品でも人気があり、数多く映画化、ドラマ化、舞台化されている。

奥泉――本日は、文芸漫談史上初の、満員御礼となりました。ありがとうございます。

いとう――本当にありがたい。さすが国民文学、『坊っちゃん』の効果でしょうか。

奥泉――あるいは、われわれが大阪まで「営業」に行った甲斐があったのか。

いとう――そうでした！　七夕の日に、大阪は八尾（やお）市のアリオ八尾というところでミニ漫談をやってきたんですよね。

奥泉――大型スーパー内の、吹き抜けステージで（笑）。

いとう――そう、ウルトラマンショーをやるような簡易舞台。とうてい、文学なんて語れそうにない場所ですよ。後ろはエスカレータ、ＢＧＭは店内放送、いちばん前には小さな子供二人がわけもわからずきょとんと……。

奥泉――そんな状況の中、**文学とはなにか**という、大問題を必死に語ってきたわけです。文学の言葉の力が、いかに強大で、いかに有用であるか。また時にいかに危険であるか。

いとう――われわれの必死な訴えを、子供二人のうち一人は最後まで熱心に聞いていました。あの子は将来、偉くなるでしょうね、八尾でいちばんの。

奥泉――文学者に、ぜひ、なってもらいたいものです。

いとう――それにしても、今、文壇にさまざまなつわものがいるとしても、あの場所に連れて行かれて人を笑わせることが、いや文学の話ができるのは、われわれ二人ぐらいでしょう。

奥泉――どんな場所でもできるという自信はつきました。ぜひ、どなたか呼んでください！

いとう――え、ほんとに？

奥泉――まあ条件次第ですけどね。それはさておき、『坊っちゃん』にいきますか。

いとう――あれ、いつもはもっと無駄話をしてから本篇に入るのが、われわれのスタイルでしょう？　なんだか気合が入ってますね。

奥泉――『坊っちゃん』ネタは十八番（おはこ）ですし、なんといっても、僕は『坊っちゃん忍者幕末見聞録』や『「吾輩は猫である」殺人事件』の著者ですからね。

いとう――皆さん、ここは笑うところじゃありません（笑）。実にちゃんとした文学作品ですよ。

奥泉――『坊っちゃん忍者幕末見聞録』は、なんと**「坊っちゃん」は忍者だ**という設定。だから今日は、その説を皆さんにぜひとも納得してからお帰りいただきたいと。

いとう――それは、ダメ。偏りすぎです！

◉「私って、〜の人だから」という性格のウザさ

奥泉――まずは冒頭チェックから。

〈親譲りの無鉄砲（むてっぽう）で小供（こども）の時から損ばかりしている〉。

いとう――うまいなあ、もう。書き出しの一行でもって、二代のことを語るんですよ。無鉄砲は親譲り。キャラクターがすぱーんと入ってくる。

奥泉――たしかに最初の一行で、この小説の基調が示される。

いとう――僕はこの冒頭を読むたび、勝小吉という人が書いた**『夢酔独言』という随筆**を思い出します。勝小吉は、勝海舟の父親なんだけれども、真面目な武士でもなんでもなく、江戸中で喧嘩ばかりしているどうしようもない人でした。

奥泉――ほとんど、ならず者。

いとう――そんな彼の『夢酔独言』の冒頭近くに、「おれほどの馬鹿な者は世の中にもあんまり有るまいとおもふ」というのがあるんですよ。

奥泉――『坊っちゃん』と似てますね。

いとう――それから、「おれは妾の子で」といった家族関係を語り、五歳の頃には三つ年上の長吉の「つらをぶつた故、くちべろをぶちこはして、血が大そう流れてなきおつた」とか、喧嘩自慢が続く。

奥泉――その後も親に勘当されそうになったり、座敷牢に入れられたり……。

いとう――あげく、仕官をせずに一生が終わっちゃう。僕は日本の随筆の中では『枕草子』か『夢酔独言』かというほど好きな作品ですが、全体的に『坊っちゃん』と調子が似ている。十九世紀中盤に書かれたこの随筆を、漱石が読んでいてもおかしくはないですね。少なくとも坂口安吾はさかんに言及してます。

奥泉――いわゆる近代リアリズム小説の文体ではない、独特のしゃべり口調の文体です。

＊　この本はとにかく素晴らしいのでぜひ。（いとう）

いとう――「おれ」という一人称を使ったところも似通っている。だからなんとなく、勝海舟の血脈を『坊っちゃん』には見いだしてしまうんですよ。

奥泉――もしこの書き出しが「私は生まれつき無鉄砲な人間で、子供のときから損ばかりしていました」*だったら、ずいぶん印象が違うよね。

いとう――そもそも無鉄砲な人間は、「私は」なんて言わない（笑）。「していました」という文末もそう。それじゃあ、自分が持つセルフイメージと、実際の性格が乖離（かいり）している人物として書いてしまったことになる。

奥泉――でも、自分から「私は損ばかりしていました」と主張する人って、どうなのかな？

いとう――「私って、〜の人だから」というのと同じで、嫌ですね。

奥泉――「あたしって、昔から損ばっかりしている人じゃないですかぁ？」

いとう――知らねえよ（笑）。

奥泉――威勢のいい口調にごまかされて、なんとなく気のいいあんちゃんだなと思ってしまうけど、これから始まるのは、損ばかりしていると思っている人間の物語なんですよね。たとえば、集英社文庫の裏表紙の作品紹介には、「正義感あふれる〝坊っちゃん〟」が「偽善的な俗物教師たちを相手に（中略）大騒動をくりひろげる……」とありますが、果たして坊っちゃんは「正義感あふれる」人物なのか。一行目で、いきなり疑問が湧いてきますよね。

いとう――新潮文庫では江藤淳が解説の中で、一見、天衣無縫（てんいむほう）の坊っちゃんも「実は敗者にほかならない」と書いています。つまり、坊っちゃんは、近代化の波に敗北した側の人間であると。奥泉さんは、その敗北感が、出だしの一行にすでに表れていると言いたいわけですね。

奥泉——そうそう。

いとう——僕に言わせれば、基本的に**『坊っちゃん』は政治小説**です。明治維新とはつまり、薩長土肥による江戸の征服で、坊っちゃんは旧幕臣の出身ですから、まさに敗者です。浅草の人間には、今でも薩長を……。

奥泉——嫌う人がいますか。この期に及んで（笑）。

いとう——安倍晋三がかつて首相を辞任したとき、「長州が、投げ出しやがった」なんて言う人も（笑）。

奥泉——それでいくと、山嵐は会津っぽだから……。

いとう——仲間です。ちなみに僕は、二〇〇六年の「東京時代祭」で在原業平（ありわらのなりひら）役をやったんですよ。時代祭というのは、浅草の歴史にちなんだコスプレでのパレードなんですが、やっぱり毎年、会津白虎（びゃっこ）隊は呼ばれますね。

奥泉——しかし、業平ってのは……。

いとう——僕のことはいいんです**（笑）。でもこの文脈で『坊っちゃん』を読むと、敗者である江戸の人間が、薩摩、長州までは行けないが、なんとかその近いところで大暴れしてやろうと画策

＊　以前に冒頭からしばらくをこの文体で書き直してみたことがあるが、二階の教室から飛び降りたり、ナイフで指を切ったりするあたり、非常にホラーな感じになった。試してみて下さい。（奥泉）

＊＊　でも、しつこいけど、在原業平っていうのはどうなんでしょう。（奥泉）
いや、だから許してください。（いとう）

する、意趣返しともとれる。

奥泉――近いところっていうのが、なんか悲しい。それに大暴れといったって、たいしたことはしていないし。

いとう――世の中は変えられないけど、イヤミだけは言う感じ。この作品は、『吾輩は猫である』と同じく雑誌「ホトトギス」に発表されたのですが、もはや政治が薩長土肥に占められてしまった状況の中で「ちょっとイヤミを言わないと」と、同人にウインクしてみせている気がします。

◉坊っちゃんは実は引きこもり気質？

奥泉――冒頭からしばらくは、子供時代が語られる。まず味わうべきは、文章の勢いとレトリックのうまさでしょうね。たとえば、〈庭を東へ二十歩に行き尽すと、南上がりに聊かばかりの菜園があって、真中に栗の木が一本立っている。これは命より大事な栗だ〉というところ。命より大事な栗ってなんだよと思うけど、これがレトリックです。〈菜園の西側が山城屋という質屋の庭続きで、この質屋に勘太郎という十三、四の倅がいた。勘太郎は無論弱虫である〉と続く。むろんといきなり言われてもねえ。

いとう――決めつけもはなはだしい。

奥泉――勢いよく文章をどんどん進めて、世界を構築する。このスピード感が独自のユーモアを生み出している。

いとう――漱石は、本当に寄席が好きだったんでしょう。落語の口調の面白さは、距離感の操作にあります。非常に些細なことにわざと漢語を使って大げさに言う、あるいは、非常に大きなテーマをわざと下卑た言葉で語る……。その距離感を詰める話術が、漱石も実にうまい。

奥泉――『坊っちゃん』は、語りが魅力の小説であることは間違いない。その源には、いとうさんが言った落語や勝小吉のような江戸文芸のトラディションがあるとして、そこへもうひとつ、十八世紀イギリス小説がミックスされている。

いとう――ロレンス・スターンも、血となり肉となっていると。

奥泉――そう。近代の自然主義リアリズム小説における語りの最大の特徴は、その透明性でしょう。

いとう――つまり、語り手の存在を前面には出さないで……。

奥泉――読者が直接、小説内の出来事に対面しているような感触を与える書き方です。一方、語り手の存在をアピールする方法もあるわけで。

いとう――さっきの例でいえば、「無論弱虫である」の「無論」。これを書くことで、そう決めつけている語り手の存在を、読者は意識しますから。

奥泉――パフォーマーたる語り手が舞台に現れてこそ、語りの躍動がある。ミハイル・バフチンというロシアの批評家は、そうした透明ではない語りの系譜が、ヨーロッパ文学の伝統の中に脈々とあると言っています。ラブレー、セルバンテス、スターン、ドイツならジャン・パウル。スターンからディケンズへという英文学の流れは特に漱石に影響を与えているはず。

いとう――もともとスターン*の小説を研究していた人が小説を書いたわけだからね。

奥泉――でも、漱石にとっての同時代は、日本における自然主義リアリズムが成立し、メジャーになっていく時代。つまり、語りの躍動を抑圧する傾向にあった。

いとう――じゃあ、『坊っちゃん』や『猫』は反主流派なんだ。

奥泉――ですね。のちの『道草』や『明暗』といった作品では、語りをかなり透明化していますが。

いとう――デビューからしばらくは、語りを前面に押し出している。これは「ホトトギス」というサロンに向けて書いたことと関係しているのではありませんか？　スターンが『トリストラム・シャンディ』をサロンに向けて、つまり、読者の顔を見ながら書いたように。

奥泉――それはあるでしょうね。とにかく漱石は、読者から坊っちゃんをかわいいやつだと思ってもらえるように描いている。ちょっと上から見る視点で、というか、いとおしいものを眺める距離感を、一人称小説の中で作り出したところに、漱石の技術とユーモアのセンスを感じますね。

いとう――一章の、いたずら自慢のところなんて、まさにそれ。

奥泉――人参の畑で相撲をとって、芽を全部つぶしちゃうとか、井戸を止めて田んぼに水を行かなくするとか。けっこうたちが悪いですよ（笑）。

いとう――神話におけるスサノオみたい。ともかく、なんでもやりすぎる。

奥泉――そんな無茶をやるくせに、〈おやじは些ともおれを可愛がってくれなかった。母は兄ばかり贔負にしていた〉と嘆く。あげく、〈母が病気で死ぬ二、三日前台所で宙返りをしてへっついの角で肋骨を撲って大に痛かった。母が大層怒って、御前のようなものの顔は見たくないというから、親類へ泊りに行っていた。するととうとう死んだという報知が来た〉。へっついって、要するに、かまどです。

いとう――そんなところで遊んでいるからあばら骨をうっちゃって、怒られて家を出ている間に……。
奥泉――お母さんは死んじゃった。
いとう――あーあ、よほどのバカだ。
奥泉――でも深読みすれば、ひょっとすると、お母さんが病気だからこそ宙返りしたのかも。
いとう――母恋しの思いから?
奥泉――いや、やっぱりただのバカなんだろうな(笑)。
いとう――いずれにしても、裏表のない、かわいい暴れん坊ですね。
奥泉――そんな、家族からはいまひとつ受けの悪い坊っちゃんにも、ただひとり、とことん愛してくれる人、無償の愛を注いでくれる味方がいます。
いとう――そう。その名も、清(きよ)ね。
奥泉――下女のおばあさんです。彼女の存在が、小説全体を覆いつくしていると言ってもいい。
いとう――何度も登場しますもんね。で、ちょっと清に頼りすぎなんですよ。坊っちゃんも、作家も(笑)。
奥泉――ですね。しかしエピソードはどれも印象的です。まずは、坊っちゃんが、清にもらった三円入りの財布を便所に落としたとき、清が竹ざおで拾い、洗ってくれた上、臭くない銀貨に替

＊(121ページ)そして超ナンセンスな先駆的小説、スターンの『紳士トリストラム・シャンディの生涯と意見』で決まり!(いとう)

えてくれたというもの。あるいは、ラストセンテンスの〈清の墓は小日向の養源寺にある〉に至るくだり。

いとう――ああ、すごくいいんだ。泣いちゃうよね。

奥泉――あと、坊っちゃんが縁側で清からの手紙を読むシーン。もう、この三つがあれば十分だけど……。

いとう――もっと頻繁に言及される、と。たとえば、坊っちゃんはすぐ、清ならこんなことはしないとか批評するでしょう。

奥泉――清のほうが上等だ、とかね。

いとう――だったら、松山でも清と一緒に住めよと言いたい（笑）。この頻度で登場させるということは、「ホトトギス」のメンバーなら思い当たるモデルでもいたのかな。ちなみに、「清」という人名はたしか『猫』の後半にも出てくるんですよ。

奥泉――ただ、一方でこうも言えます。**下女の名前は慣習として清。**清に支えられてこそ、坊っちゃんは存在できるし、この小説も成立すると。読み進めればわかりますが、坊っちゃんにとって、外の世界とはとても怖いものなんです。

いとう――世界と折り合いのつけられない、引きこもり的気質がありますからね。

奥泉――そう。たとえば、赴任して初めて校長に会い、教師の心得を聞かされた途端〈**ここで断わって帰っちまおう**〉と考えるでしょう。

いとう――入社式で、「やっぱ、フリーターでいいや」と思う新入社員みたいなもんだ。

奥泉――他人とは関係したくないという拒否反応を、坊っちゃんはすぐ起こす。

いとう――したいしたくないの前に、できないんだよね（笑）。

奥泉――他人が怖くてたまらない。よく言われるように、『坊っちゃん』はコミュニケーション不全がテーマとなった小説だと思います。でも、清とは言葉がいらないんですよ。言葉なしに、無条件で愛してくれるわけだから。清が精神的な支柱なんですね。

いとう――この展開だと、ふつうは母恋のマザコン話になるところですが、お母さんはわりと簡単に死に、「おばと僕」とでもいうべき、変則的な依存関係が描かれる点が面白いですね。

奥泉――一章のラストでそんな清と別れ、松山に赴きます。そして二章の冒頭、〈ぶうといって汽船がとまると、艀（はしけ）が岸を離れて、漕（こ）ぎ寄せて来た〉。ここからはいよいよ松山生活です。しかし先に指摘しておきますが、坊っちゃんは、松山の学校にどれぐらいの期間いたと思います？　答えは、たったの一ヶ月です。最後のほうで〈来てから一月（ひとつき）立つか立たないのに辞職したという と、君の将来の履歴に関係する〉とありますからね。

いとう――そんなに短いんだ。ひどいね。

奥泉――いつも思うことですが、もしこの十年後に、学校主催の同窓会があって、教師や生徒たちが集まったとして……。

いとう――山嵐やうらなりが参加したとしても……。

奥泉――坊っちゃんには招待状が来ません（笑）。そんな人いたっけ、という感じ。

いとう――なにしろ一ヶ月だもん。誰の記憶にも残ってないね（笑）。

奥泉――ついでに皆さんにお聞きしますが、その同窓会で全教師が集まったとして、赤シャツと親しく話をするのは誰だと想像しますか？　僕は案外、山嵐じゃないかなと。

いとう――対立関係にあった者同士で。

奥泉――そう。遺恨はあるが、それでも「あのときはお互いいろいろありましたね」と、両者歳をとって、案外和(なご)やかに話をするんじゃないかな。

いとう――でも二人とも、坊っちゃんのことは忘れてたりして。

奥泉――まず覚えてないよね。

◉坊っちゃんは被害妄想?

奥泉――さて松山に到着した坊っちゃんですが、まずは旅館へ行き、階段下の変な部屋に入れられて、憮然となる。それでも、茶代をやろうと思い……。

いとう――今でいうチップ、心付けですね。

奥泉――五円出す。

いとう――ここ、やたらとものの値段が詳しい。

奥泉――給料は四十円。三十円持って出てきて、交通費と雑費に十六円ほど使い、残りのうち五円をチップに使う。現在の五万円ぐらいに相当しますよ。まさに、適正なコミュニケーションができない人の典型ですよね。

いとう――経済的に適正な取引が不得手。

奥泉――妙に余計にカネを出したり、不必要にケチったり。どうもバランスが悪い。

いとう――僕、わりとそっちのタイプかも(笑)。

奥泉――しかもそのことを、のちのちまで後悔して日記に書いたりしてね。そうだ、日記といえば、坊っちゃんがいつの時点でこの話を物語っているのかという問題も面白いですよね。

いとう――現在進行形のようにみえて、そうではない。

奥泉――全部の出来事が終わり、さらにずいぶん経ってから語っていることになる。たとえば、第一章で、清から三円もらったすぐあとに、**〈今に返すよといったぎり、返さない。今となっては十倍にして返してやりたくても返せない〉**とある。あるいは、校長からもらった辞令は、**〈東京へ帰るとき丸めて海の中へ〉**捨てた。

いとう――つまり、過去を客観的に話している体裁になっているんですね。

奥泉――これはまあ、近代小説であれば当たり前の構造だけれども、語りがそういうムードではないだけに、目を惹きますよね。

いとう――書かなくてもいいと思うようなことも書いてるし。

奥泉――先へ進みますと、法外な茶代が効いたのか部屋が十五畳になり、校長にとりなされて授業に出ることにもなる。同僚には下宿先も紹介してもらう。そしていよいよ教壇へ。

〈おれは卑怯な人間ではない、臆病な男でもないが、惜しい事に胆力が欠けている。先生と大きな声をされると、腹の減った時に丸の内で午砲を聞いたような気がする〉。

しかも、周りはみんな背が高いんです。

〈おれは江戸っ子で華奢に小作りに出来ているから、どうも高い所へ上がっても押しが利かない〉。

いとう――「小作りに出来ている」といってもねえ。

奥泉――明らかに気圧されてる。不安なんですよね。

いとう――でも、その不安を隠すように、大きな声を出し、べらんめえで授業をする。

奥泉――すると生徒が、〈「あまり早くて分からんけれ、もちっと、ゆるゆる遣って、おくれんかな、もし」〉と。でも、その要求を突っぱねたあげく、〈この学校の生徒は分らずやだな〉だって。

いとう――生徒からすればそれはないよ（笑）。そもそも勝手に気圧されてるだけのくせに。

奥泉――そうこうするうちに、例のてんぷら事件が起こる。ある日、坊っちゃんがてんぷら蕎麦を食べて学校に行くと、黒板に〈天麩羅先生〉と落書きがしてある。

いとう――いいじゃないですか、ほほえましくて。

奥泉――生徒たちは、からかい半分で東京から来た新任教師の反応をうかがってみただけなんだから。「なんだ、お前たち、見ていたのか。あっはっは」と黒板の字を消して、「じゃ、授業するぞ」と普通はなる。

いとう――金八なら、絶対そうなるよ（笑）。ついでに、てんぷらについての講釈があったりして、「ああ、ポルトガル語が語源なんだ」と生徒が納得してから授業になるよね。

奥泉――ところが、坊っちゃんは、最初は無視。すると次の教室で〈天麩羅四杯也。但し笑うべからず〉と書かれてしまい、今度は相当にむっとする。

いとう――怒らなくてもいいのに。大人気ない。

奥泉――そう。〈憐れな奴らだ〉とか、〈いやにひねっこびた、植木鉢の楓見たような小人〉だとか言った上で、〈君らは卑怯という意味を知ってるか〉なんて演説をぶつんです（笑）。

いとう――あーあ、てんぷらについてウンチクを語ればすんだのに。

奥泉――すると生徒が、**〈自分がした事を笑われて怒るのが卑怯じゃろうがな、もし〉**と。

いとう――なんて、正論なんだ。生徒のほうが大人だよ。

奥泉――正論だけに反論できない。また次の教室でも**〈天麩羅を食うと減らず口が利きたくなるものなり〉**とあって、もう授業を放棄して帰っちゃう。それから、団子を食べれば、翌日の黒板に**〈遊廓の団子旨い旨い〉**と書かれるし、温泉に行けば**〈湯の中で泳ぐべからず〉**と書かれるし。

いとう――恐ろしいほどの視線を浴びている。いわば監視社会の恐怖を味わう。

奥泉――生徒全体が探偵のようだ、とまで言ってますね。漱石における探偵という概念は、ポーのときに*話したのとは別の意味合いで大事です。

いとう――『猫』でしつこくけなしてますしね。さらに坊っちゃんは今「みんなが私を見ている」という被害妄想傾向にあるし。そもそも、自分は損ばかりしていると考えるようなネガティヴな側面がありますから、この恐怖はいかばかりだったろうか。

奥泉――そんな中、前半のクライマックスというべき事件が起こる。

いとう――宿直をしていた寝床に、バッタを五、六十四ほど入れられちゃう。

奥泉――そこで、坊っちゃんが犯人と思しき寄宿生に、バッタなんか入れやがってと叱責すると、**〈そりゃ、イナゴぞな、もし〉**と訂正が入る。もう**言葉自体が違っちゃってる**。ここで完全に

＊ 二〇〇六年十一月に『モルグ街の殺人』をテキストにした文芸漫談（於北沢タウンホール）。『世界文学は面白い。――文芸漫談で地球一周』（二〇〇九年、集英社）所収。こっちも面白いと思います。（奥泉）

コミュニケーションは断絶します。

◉無口な男、坊っちゃん

奥泉――ここでひとつ余談を。僕は昔、学生時代、道後温泉に行ったことがあるんです。* 地下の大きな石風呂に入って、友達と二人で「ここが『坊っちゃん』の……」なんて話をしていた。すると地元の人らしいおじいさんが、ちらちらとこちらを見ている。

いとう――しゃべっている言葉から、あ、東京から来たんだなと。

奥泉――すると、おじいさん、いきなり、三点倒立をし始めたんです（笑）。

いとう――えっ、洗い場で？

奥泉――そう、もちろん全裸で。すごい不安になりました。で、あまり見ないようにしていたら、次は、ばしゃばしゃばしゃと抜き手で泳ぎ出して。

いとう――不穏だなあ。

奥泉――かなり不条理な光景なんですが、でも、そのとき、はっと気がついたんです。「湯の中で泳ぐべからず」と。つまりは、彼は坊っちゃん的世界を……。

いとう――観光客相手に披露してくれてるの？ まず、三点倒立で目を引きつけておいて？

奥泉――そう。ジモティーじいさんの演じる風呂場の坊っちゃん。おかげで、松山でのいちばんの思い出となりました（笑）。

いとう――それがいちばん？

奥泉――他のことは何も覚えてないし。

いとう――『坊っちゃん』は、基本的に松山を愚弄した小説ですよね。この田舎者、という態度がみえみえで。でも、松山の人はこの小説を愛している。どうしてなのかな（笑）。

奥泉――「坊っちゃん文学賞」まで創設しているしね。

いとう――よく読めば、気を悪くしそうなんですけどね。タモリさんと名古屋の関係（笑）。

奥泉――さて、五章からはおもに、坊っちゃんと他の先生との関係が語られていきます。まず赴任直後からいろいろと親切にしてくれるのが山嵐。

いとう――下宿先を紹介してくれたのも彼ですね。

奥泉――会津出身の数学科の主任教師、いわば坊っちゃんの上司です。

いとう――会津っぽと江戸っ子の組み合わせね。

奥泉――次に接近してくるのが、赤シャツと野だいこ。

いとう――野だいこは、変節した東京人、権力者にへつらう東京人の象徴として描かれます。「～でげす」といった言葉遣いで、教頭である赤シャツに取り入っている。まあ、ものすごく戯画的に描かれている人物。

奥泉――たしかに、ここまで露骨にごまをする人がいるか、という感じで。

いとう――キャラが書き割り的なんだけれど、そこが戯作的で面白い。

奥泉――そんな二人に誘われて釣りに行き、マドンナと呼ばれる女性がいるらしいとの情報を得

＊　大学院生時代に石鎚山でゼミの合宿をやった帰り。（奥泉）

る。このあたりからは、なにやら陰謀の香りがぷんぷんと。ドラマが動き始めるわけです。

いとう——でも、ドラマ自体、シンプルなものですよね。

奥泉——要するに、うらなり先生とマドンナが結婚を約束していたのに、赤シャツが横取りすると。しかも横取りしたばかりか、うらなり先生を九州延岡(のべおか)へ追いやろうと画策する。

いとう——遠くへ追いやり、いよいよマドンナをものにしようという魂胆。

奥泉——これに正義感の強い山嵐が対抗します。坊っちゃんはまだまだ事情に疎いので、情報戦にただ振り回される。

いとう——なにしろマドンナを芸者だと勘違いしていたぐらいですから。

奥泉——どういうつもりか、赤シャツと野だいこは坊っちゃんを味方に引き入れようとする。味方にしてもしょうがない人間だとはすぐに気がつくんですけどね。とにかく生徒による一連のからかい事件は、全部山嵐、つまり堀田先生が糸を引いているんだとウソを吹き込む。すると坊っちゃんは単純だから、「そうか、堀田か!」と(笑)。

いとう——なんの検証もなし。明日談判してやると言い出して、赤シャツをあわてさせる。ほんと、坊っちゃんって、落語でいうところの与太郎ですね。「坊っちゃん」って書いてあるところ、全部「与太郎」にして読むと笑えますよ。そもそも「坊っちゃん」てタイトルは清の視線か野だいこのだから、どちらで読むかで「与太郎」の可能性が出る。

奥泉——先のストーリーを追えば、陰謀はさまざまに張りめぐらされていて、坊っちゃんは下宿先を変更させられ、赤シャツから給料を上げてやるという提案があったかと思うと、その昇給がうらなりの左遷に伴うものだと知って義憤にかられる。でも左遷は撤回されずに送別会が開かれ、その翌日、師範学校の学生との喧嘩が起きて、山嵐がクビになる。

いとう――短期間に次々と事件が起こるわけで、物語の表面上は、非常に派手だよね。

奥泉――小説における語りの側面からみても、坊っちゃんが一冊分を一人でしゃべっている格好だから、静かな印象ではない。でも、登場人物間の会話という側面でみると、坊っちゃんには会話らしい会話がほとんどない。彼が与太郎であることは間違いないけど、やっぱり、世界と濃密に関わることのできない与太郎なんです。

いとう――なるほど。誰かに自分からしゃべりかけるセリフが少ないんだ。

奥泉――無口な男といっていいぐらい。特に公の場では、しゃべることができない。実際に相手と対面すると、悪口は出てきません。なにしろ坊っちゃんが、相手に面と向かって悪口を発したのは、ただの一回きり。最後に野だいこに卵をぶつけるシーンで〈**「べらんめえの坊っちゃんた何だ」**〉という、この一回のみですから（笑）。

いとう――そうか！　赤シャツのことを〈**ハイカラ野郎の、ペテン師の、イカサマ師の、猫被り**（ねこつかぶ）**の、香具師**（やし）**の、モモンガーの、岡っ引きの、わんわん鳴けば犬も同然な奴**〉と評すんだけど、それだって山嵐にこう言えば良かったのにとアドバイスしただけで……。

奥泉――赤シャツ本人には言ってない。心の中、小説の語りの中でなら、言葉があふれにあふれているんですけどね。

いとう――たしかにね。

奥泉――ここで坊っちゃんのコミュニケーションについて注目すべきなのは、坊っちゃんがうらなり先生に対してのみ積極的にふるまえるという点です。

いとう――ただ一人、自分からアクションを起こせる相手ですから。

奥泉――いきなり家を訪ねたり、汽車ではわざわざそばに寄って行ったり。

いとう――風呂でも、迷惑がられながらあれこれ話しかけますよね。よっぽど好きなんだな。

奥泉――集英社文庫版『坊っちゃん』の解説は、文芸漫談のアドヴァイザーである渡部直己（わたなべなおみ）さん＊が書いていますが……。

いとう――通称、「渡部坊っちゃん」。ここだけの話、夏に熊野へ一緒に行くと、彼は温泉でたいてい泳いでますからね。五十五歳（当時）ですけど（笑）。

奥泉――そんな渡部さんが、なぜ坊っちゃんはうらなり先生の前ではリラックスできるのかという謎を解いています。答えは、うらなりが、坊っちゃんよりしゃべらない人だから。

いとう――彼もまた、言語を持っていないんですね。

奥泉――普通、人間は言葉でコミュニケートしようとします。坊っちゃんの自我の領域に対して、ほかの登場人物、つまり他者は、言葉を媒介にしてアプローチしてくる。ところが、うらなり先生だけは、言葉で押し寄せてこない。

いとう――ただ、静かにしていて、積極的な関与はなし。

奥泉――だから坊っちゃんのほうが、楽に自分の自我の領域を広げるかたちで、話しかけていけるんです。あるいはマドンナもそう。

いとう――心変わりして、うらなり先生を捨てた女性……。横取りした赤シャツも悪いんだけど、自分と同類のしゃべらない人を裏切ったマドンナもちょっとひどいよね。

奥泉――そうなんだけど、そういう指摘を坊っちゃんが全然しないのも注目できる。坊っちゃん自身は、マドンナと直接は一度もしゃべりません。遠目に見るだけ。停車場で会うのと、赤シャツとマドンナが土手を歩くところを見かけるぐらい。それなのに、坊っちゃんはマドンナに対する評価がやたらと高い。

いとう――こんな美人、見たことないと。

奥泉――この高評価もまた、渡部さんによれば、マドンナが言葉を発しないからこそだと。

いとう――**しゃべらない人は、大好き**なんだ。

奥泉――相手がちょっとでもしゃべると、もうびくびくしちゃう。

◉強引な上、ロジックがない

奥泉――さて、陰謀と誤解によって下宿先を移るはめになった坊っちゃんですが、新しい下宿の萩野のおばあさんから、さまざまな町情報を得ます。

いとう――彼女も名脇役ですね。なにしろ事情通。

奥泉――うらなりの家の事情、赤シャツの悪だくみ……。

いとう――山嵐がけっこう生徒に好かれているとか、ようやく、坊っちゃんも世の流れを少しは理解できた。

＊一九五二年生まれ、文芸評論家。著書に『日本小説技術史』（二〇一二年、新潮社）、編著書に『日本批評大全』（二〇一七年、河出書房新社）など。

奥泉――うらなり先生の異動が赤シャツの陰謀によるということも聞き、自分の昇給の裏にはこれがあったのかと合点がいった坊っちゃんは、勇躍赤シャツの家に出かけます。

いとう――談判ですね。でも、当然、弁術では歯が立たない。

奥泉――全然立たない。

〈「さっき僕の月給をあげてやるという御話でしたが、少し考が変ったから断わりに来たんです」〉。すると、赤シャツは当然理由をただします。坊っちゃんはこう答える。

〈「あの時承知したのは、古賀君が自分の希望で転任するという話でしたからで……」〉。

すると赤シャツが言います。〈「古賀君は全く自分の希望で半ば転任するんです」〉。この、「半ば転任」という微妙な言い回し、なかなかしぶいよね。

いとう――**これぞ、大人の対応**だ。

奥泉――萩野のおばあさんから聞いた話として、うらなりは本当は転任したくないのだと言う坊っちゃんに対し、赤シャツはさらにこう言う。

〈「それは失礼ながら少し違うでしょう。あなたの仰ゃる通りだと、下宿屋の婆さんのいう事は信ずるが、教頭のいう事は信じないというように聞えるが、そういう意味に解釈して差支ないでしょうか」〉。

いとう――赤シャツって男は裁判官みたいに頭のきれるやつですよね。

奥泉――坊っちゃんもそこは素直にみとめます。だけど、さすが坊っちゃんですよ。

〈おれは仕方がないから、こう答えた。／「あなたのいう事は本当かも知れないですが――とにかく増給は御免蒙ります」〉。

いとう——強引な上、ロジックがない（笑）。

奥泉——赤シャツも、矛盾をどんどん突いてきます。

〈「下宿の婆さんが君に話した事を事実とした所で、（中略）古賀君は延岡へ行かれる。その代りがくる。その代りが古賀君よりも多少低給で来てくれる。その剰余を君に廻わすというのだから、君は誰にも気の毒がる必要はないはずです」〉。

いとう——ほんと、理路整然としてます。

奥泉——で、説得されそうになる。坊っちゃんって、ほんとに御しやすいタイプ（笑）。でも、いつもならここで引き下がってしまうところだけれど、やっぱり虫が好かないと、このときばかりはがんばるんです。

〈「あなたのいう事は尤もですが、僕は増給がいやになったんですから、まあ断わります。考えたって同じ事です。さようなら」といいすてて門を出た〉。

いとう——だめーなやつと、ものすごく理の立つ人間の対比が見事。

奥泉——赤シャツはたしかに権力者です。権力とは言葉の力を含む人を動かしていく力のことですが、それは本来、誰しもが持つ可能性があるものであって、坊っちゃんだって持てるはずなんです。だけど坊っちゃんは、赤シャツが押し出してくる力と自分の力とをぶつかり合わせることを避けている。

いとう——歯車がかみ合わない？

奥泉——かみ合っていない、というより、かみ合わせるのを避けたというべきかな。同じ土俵に決して上らない。それに対して、山嵐は赤シャツと同じ土俵で議論しようとする。

いとう――よくここを読むと、赤シャツは、それほど悪い人間じゃないよね。

奥泉――そう。軽く陰謀はかましてますが……。

いとう――頭のいい、イヤミなやつではある。それが顕著なのは、うらなり先生の送別会のシーン。

奥泉――赤シャツは、自分で陰謀をめぐらせてうらなりを左遷させたくせに、本当に惜しい人が去ってしまうといった内容のスピーチをする。**〈この良友を失うのは実に自分に取って大なる不幸である〉**とね。

いとう――芝居めいたことをしちゃって。

奥泉――それを聞いた山嵐が、延岡はすこぶる純朴な所で**〈美しい顔をして君子を陥れたりするハイカラ野郎は一人もない〉**から、がんばれなんて演説を返す。

いとう――それを聞いてうれしくなった坊っちゃんは、例の悪口をまくしたてる。

奥泉――**〈「ハイカラ野郎の、ペテン師の、イカサマ師の、猫被りの、香具師の、モモンガーの、岡っ引きの、わんわん鳴けば犬も同然な奴とでもいうがいい」〉**。

いとう――でも自分では言えない（笑）。

奥泉――すると山嵐が、**〈「おれには、そう舌は廻らない。君は能弁だ。第一単語を大変沢山知ってる」〉**と言います。ものすごくアイロニカルな会話！

いとう――山嵐は本気だろうから、よけいイロニーを感じますね。

奥泉――そんなやりとりがありつつ、送別会は進行します。最初は静かに飲んでいるけど、だんだんお酒のせいで場が乱れてくる。もう最後はどんちゃん騒ぎ。

いとう――芸者が入ってきたとたん、ぱあっと華やかになって。

奥泉――〈山嵐は馬鹿に大きな声を出して、芸者、芸者と呼んで、おれが剣舞をやるから、三味線を弾けと号令を下した。芸者はあまり乱暴な声なので、あっけに取られて返事もしない。山嵐は委細構わず、ステッキを持って来て、踏破千山万岳烟と真中へ出て独りで隠し芸を演じている。ところへ野だが既に紀伊の国を済まして、かっぽれを済まして、棚の達磨さんを済して丸裸の越中褌一つになって、棕梠箒を小脇に抱い込んで、日清談判破裂して……と座敷中練りあるき出した〉。

いとう――短いシーンだけど、実に面白い。

奥泉――酒席の混乱した場を描く漱石の技術には、ほれぼれしますね。『猫』の銭湯のシーンなんかもそうですが、こういうカオス的な情景を描くのが漱石は本当にうまい。

いとう――そして漱石がいかに**江戸期の音楽**を知っていたかが、よくわかる場面。浄瑠璃、小唄、端唄の、耳についていた文句をすーっと文章にしているのでしょう。お座敷の教養ですね。

◉サブキャラの魅力

奥泉――ここで別の視点を導入しましょう。先ほど、新しい下宿先のおばあさんはいい味の脇役だという話をしましたが、僕はもうひとり、気になる存在がいるんです。

いとう――え、誰だろう。

奥泉――**赤シャツの弟**。二、三回出てくるんですけど。

いとう――そんなに登場しますか?

奥泉——まず、給料が上がる上がらないの話のとき、玄関で赤シャツに取り次いでくれるのがこの子です。〈**この弟は学校で、おれに代数と算術を教わるいたって出来のわるい子だ。そのくせ渡**(わた)**りものだから、生れ付いての田舎者よりも人が悪**(わ)**るい**〉。彼についての論評は以上（笑）。

いとう——それから、この小説内でもっとも大きな事件である、師範学校の生徒との喧嘩の現場に、坊っちゃんと山嵐を連れて行くのが彼ですよね。

奥泉——そうそう。この事件に端を発して山嵐はクビになるんだから、赤シャツの陰謀に弟も関与していると見ていいでしょうね。そこで僕は、**「赤シャツ弟日記」が書きたい**んですよ。

いとう——え、弟の日記？

奥泉——赤シャツの弟の視点で、『坊っちゃん』の世界を再構成してみたい。

いとう——それは新しい！

奥泉——だってこの子は、赤シャツの赴任先についてきて、その中学の生徒なわけでしょう。しかも出来が悪い。なんか悲惨な感じがしませんか（笑）。

いとう——たしかに気の毒だ。お兄ちゃんはやたら調子がいいし。

奥泉——しかも彼も転入組だから、坊っちゃんと同じく、地元の「ぞなもし」言葉にはなじめなかったはず。でもそうも言っていられず、それなりに努力してなじんでいった。どういう暮らしをし、なにを思い……。

いとう——なにを食べ、どのように兄の姿を見ているのか（笑）。

奥泉——想像力を刺激される存在。

いとう——なるほどね。

奥泉――こうした小さな登場人物が、生き生きとした存在感を放つ作品には、当然ながらいいものが多い。ドストエフスキーもシェイクスピアも。

いとう――ガルシア＝マルケスも、まさにそう。こういうところに作家の無意識が出るんでしょう。サブキャラぐらいだと思いつきがものをいいますからね。物語の本筋に抑圧されない、きらりと光るディテールが書けるか書けないか――に、作家の力量が問われますね。

◉官能は清のシーンのみ

奥泉――そしていよいよ十章へ。町で祝勝会が行なわれ、例の喧嘩が起こる日でもあります。

いとう――十章の出だしは、ちょっと文体が変わりますね。

〈**祝勝会で学校は御休みだ。練兵場で式があるというので、狸は生徒を引率して参列しなくてはならない。おれも職員の一人として一所にくっついて行くんだ**〉。

漱石はきっと、九章まではよほどの速さで書き、この十章の前で一息ついたのでは、ということを想像させる。

奥泉――なるほど。さて、その祝勝会。中学校と師範学校というのは仲が悪いのがお決まりで、一触即発の雰囲気が漂っている。でも午前中は大丈夫だったので、余興が始まるまでの間、坊っちゃんはいったん下宿に戻るんです。で、下宿でなにをしているかというと……。

いとう――ほら、出ますよ、**困ったときの清だのみ（笑）**。清に、手紙の返事を書こうと思い立つ。

奥泉――手紙のやりとりといえば、まず坊っちゃんが短い手紙を書く。すると、清から長大な返信が来て、坊っちゃんももっと長く書いてくれなんて、ねだられるんです。

いとう――その長い返信というのは、結局新しい下宿先で受け取るんだけど、下宿を替えたせいもあってなかなか手元に届かない。おばあさんに、郵便物が来てないかと何度も聞くもんだから、奥さんからの手紙を待っていると誤解されちゃうほど。

奥泉――ようやく来たときは、おばあさんまでにこにこです。

いとう――また、それを読むくだりもいいんですよね。

奥泉――本当に美しいシーン。四尺の、ひらがなばかりの手紙を、坊っちゃんは縁側に座って読む。すると初秋の風が吹いて手紙をなびかせ、さらりさらりと音が鳴ります。*

いとう――坊っちゃん……**童貞でしょうね**（笑）。

奥泉――出ましたね。いとうせいこう「童貞文学論」。

いとう――清のことばかり気にしてるし、もっとも官能的なシーンが、清からの手紙を読むシーンですからね。

奥泉――たしかに（笑）。

いとう――今、二十四歳だっけ。いい年ですが、童貞です。

奥泉――了解しました（笑）。で、下宿に戻ったものの、なかなか手紙は書けません。

〈やっぱり東京まで出掛けて行って、逢って話をする方が簡便だ。清の心配は察しないでもないが、清の注文通りの手紙をかくのは三七日（さんしちにち）の断食（だんじき）よりも苦しい。（中略）その時おれはこう思った。こうして遠くへ来てまで、清の身の上を案じていてやりさえすれば、おれの真心（まこと）は清に通じるに

違ない〉。
いとう――もう、以心伝心の世界、神秘主義（笑）。
奥泉――〈通じさえすれば手紙なんぞやる必要はない〉とまで言ってますよ。
いとう――そんな勝手な意見はないよ。
奥泉――そこへ、牛肉を持って山嵐が訪ねてくる。牛鍋をつつきつつ、二人で「赤シャツ退治」を話し合う。赤シャツ退治を最初に言い出すのは坊っちゃんのほうです。よし、殴ろうぜと。
いとう――ひどい話だよね（笑）。物事の解決でもなんでもない。
奥泉――すると、山嵐が、今殴ってもしょうがない、赤シャツがなにか悪さをしている現場を取り押さえて殴らなきゃだめだと諭すんです。つまり、暴力の正当性の確保ですね。
いとう――坊っちゃんは、ただ気持ちの問題だけで動くから、そんなことに頭はまわらない。ただ、殴りたいだけ。
奥泉――山嵐によって、坊っちゃん的暴力の欲求も言葉での方向づけがなされるわけですが、そこへ生徒が一人訪ねてきます。誰あろう、赤シャツの弟です。
いとう――例の人物。祝勝会の余興の踊りを見に行きませんか、と。本当は山嵐を誘いにきたが、留守だったから坊っちゃんの家まで足を運んだと。
奥泉――〈山嵐を誘（さそい）に来たものは誰かと思ったら赤シャツの弟だ。妙な奴が来たもんだ〉とあります。

＊　漱石が書いたすべての情景描写でも五指に入る美しさだと思う。（奥泉）

いとう――悪い予感はあったんですね。

奥泉――予感的中。坊っちゃんと山嵐が踊りを見ていたら、突然〈喧嘩だ喧嘩だという声がすると思うと、人の袖を潜り抜けて来た赤シャツの弟が、先生また喧嘩です〉と言いにくる。

いとう――二人は走って喧嘩を止めに行くものの、逆に巻き込まれちゃう。

奥泉――そう。坊っちゃんも〈おれを誰だと思うんだ。身長は小さくっても喧嘩の本場で修業を積んだ兄さんだ〉と、相手をむちゃくちゃに張り飛ばしたりして。結局新聞沙汰に。

いとう――それまで坊っちゃんはすごく小さな自分の世界にいたわけですが、いきなりメディアという巨大な世界を獲得してしまう。

奥泉――でも新聞には、〈中学の教師堀田某と、近頃東京から赴任した生意気なる某とが、順良なる生徒を使嗾して〉と書かれちゃう（笑）。坊っちゃんは、「某」。

いとう――無名のままのデビュー。

奥泉――本人も〈天下に某という名前の人があるか〉と怒ってる。山嵐の名前が出たのは、明らかに陰謀ですね。赤シャツにしたところで、クビにしたいのは山嵐だけだから。

いとう――坊っちゃんは御しやすいから、どうでもいい。そして実際、山嵐は辞めざるを得なくなる。

◉目を覚ませ、坊っちゃん

奥泉――ラストでは、坊っちゃんと山嵐が協力して、赤シャツと対決します。計画としては、芸者と密会しているところを取り押さえようと。そこで、芸者置屋の向かいの宿に一週間ほど通い、見張り続ける。

いとう――ほかに方法はなかったのかな。むしろ、赤シャツの家の前で張っていたほうが、いい気がするんだけれども（笑）。

奥泉――密会現場を押さえなきゃダメだからね。もちろん、坊っちゃんは気が短いからいらいらしてます。早く殴っちゃおうよ、みたいな（笑）。

いとう――キレやすい子供と一緒だ。

奥泉――その点、山嵐は大人です。粘り強いんですよ。延々と見張り、そこへいよいよ野だいこと赤シャツが来る。しかもこんな話し声が。

〈「もう大丈夫ですね。邪魔ものは追っ払ったから」正しく野だの声である。「強がるばかりで策がないから、仕様がない」これは赤シャツだ。「あの男もべらんめえに似ていますね。あのべらんめえと来たら、勇み肌の坊っちゃんだから愛嬌がありますよ」「増給がいやだの辞表が出したいのって、ありゃどうしても神経に異状があるに相違ない」〉。

いとう――かなり正確な性格判断だな（笑）。でも、それを聞いたこちら二人は、かちんときてます。

奥泉――それでも粘り強く、朝までそのまま待つ。ようやく朝になって出てきたところを追いかける。そのとき坊っちゃんは、たまたま卵を持っているんですね。

いとう――ほんとに無邪気な人だよ（笑）。両手で袂をそっと握って、卵を割らないように走って行くんですからね。

奥泉――そして追いついたところで、詰問開始。山嵐は言葉の人ですから、無言で殴ったりしない。なんで教頭ともあろう者があんなところに行ったんだと。すると、そこは相手もさるもの、〈**「教頭は角屋へ泊って悪るいという規則がありますか」**〉。

いとう――法に厳密だから。

奥泉――そのとき坊っちゃんはどうしているかというと、〈**野だは隙を見ては逃げ出そうとするからおれはすぐ前に立ち塞がって、「べらんめえの坊っちゃんた何だ」と怒鳴り付け**〉ます。これ、坊っちゃんのほぼ唯一のセリフ（笑）。で、ここぞとばかりに卵を相手の顔にぶつけるんです。

いとう――これだけテロが問題視されている現代に読むと心洗われる思いがします（笑）。

奥泉――一方、山嵐はというと、〈**おれが玉子をたたきつけているうち、山嵐と赤シャツはまだ談判最中である**〉。言葉を持たない坊っちゃんが卵をぶつけただけなのに対し、山嵐は証拠がどうとか言い合ってる。でも、いよいよ頃合いと見て、〈**「だまれ」と山嵐は拳骨(げんこつ)を食(くら)わした**〉。

いとう――ついに、山嵐も暴力の行使に出ましたね。

奥泉――いちおう暴力の正当性を示そうと、〈**「貴様らは奸物(かんぶつ)だから、こうやって天誅(てんちゅう)を加えるんだ。これに懲(こ)りて以来つつしむがいい。いくら言葉巧(だく)みに弁解が立っても正義は許さんぞ」**〉と演説してます。

いとう――そこには、山嵐なりの裁きがあるわけね。でも一方、坊っちゃんには裁きがない。卵を投げるしか能がない。

奥泉――続いて、山嵐は〈**「おれは逃げも隠れもせん。今夜五時までは浜の港屋にいる。用があ**

るなら巡査なりなんなり、よこせ」〉と言う。すると、坊っちゃんも〈「おれも逃げも隠れもしないぞ。堀田と同じ所に待ってるから警察へ訴えたければ、勝手に訴えろ」〉（笑）。

いとう——ほとんど山嵐の弟だな。

奥泉——自分の言葉がないんだよね。ただオウムみたいに反復するだけ。そして、坊っちゃんは朝の七時には自分の下宿に戻り、荷造りをしてから山嵐と合流、辞表を郵送して、寝ちゃう。二時に起きても巡査は来ない。〈汽船は夜六時の出帆である。（中略）その夜おれと山嵐はこの不浄な地を離れた〉。

いとう——しかし、「不浄な地」って……。やっぱり松山の人は怒るべきじゃないの？

奥泉——たしかにひどいよね（笑）。そして、〈神戸から東京までは直行で新橋へ着いた時は、漸く娑婆へ出たような気がした。山嵐とはすぐ分れたぎり今日まで逢う機会がない〉。

いとう——ああ、会ってないんだね、共闘相手なのに。やっぱり、友情にまでは発展しなかったんだ。

奥泉——坊っちゃんは友達ができにくいんだよね。で、これで終わりかと思うと、〈清の事を話すのを忘れていた〉と続く。

いとう——これが実にうまいエンディングですよね。

奥泉——忘れるわけがない。なにしろ清のことしか考えてなかったんだから。

〈おれが東京へ着いて下宿へも行かず、革鞄を提げたまま、清や帰ったよと飛び込んだら、あら坊っちゃん、よくまあ、早く帰って来て下さったと涙をぼたぼたと落した。おれも余り嬉しかったから、もう田舎へは行かない、東京で清とうちを持つんだといった。

その後ある人の周旋で街鉄の技手になった。月給は二十五円で、家賃は六円だ。清は玄関付きの家でなくっても至極満足の様子であったが気の毒な事に今年の二月肺炎に罹って死んでしまった。死ぬ前日おれを呼んで坊っちゃん後生だから清が死んだら、坊っちゃんの御寺へ埋めて下さい。御墓のなかで坊っちゃんの来るのを楽しみに待っておりますといった。だから清の墓は小日向の養源寺にある〉。これで終わりです。

いとう——歳をとればとるほど、泣けてくる結末。若い頃は泣けなかったけど、今回、すごい来ちゃったな。

奥泉——来ちゃったんだ（笑）。

いとう——物語の最後を「だから何とかの寺には何がある」とか「だから何とかの墓はどこどこの寺にある」で締めるのは、ある意味、古典の典型でしょう。つまり**説話にも帰っていける**、漱石の自在さがわかる。

奥泉——しかも、さっきのいとうさんの指摘につなげれば、このシーンのおかげで恋愛小説としての奥行きが出る。

いとう——愛する人が死んでしまうことは最近の小説と変わりないけど、なんでこう違うのかね（笑）。

奥泉——それは言っても仕方ない（笑）。だけど僕はね、「街鉄の技手」になった坊っちゃんにこそがんばってもらいたい。

いとう——清も失い、本当の意味での、大人としての生活が始まるんだもんね。

奥泉——極端なことを言うと、坊っちゃんは、それまで清の母胎から出ていなかった。でもこれからはひとりで、外の世界に関わっていかなければならない。非常に苦しいですよ、このことは。

いとう――それで言えば、『坊っちゃん』は**青年にとっていちばん幸せな時間を描いているん**ですね。帰ったことを泣いて喜んでくれる人がいるんだから。

奥泉――『こころ』や『明暗』は、清亡きあとの坊っちゃんの物語だともいえます。人が他者との関係の構築に失敗して孤独を深めていく局面は多々あるだろう。でも、そのとき、『坊っちゃん』の持つある種の幸福感は救いになるのかも。

いとう――今回、坊っちゃんは幸福だったという結論に落ち着いてよかったですよ。

奥泉――でも……やっぱり「君、これじゃだめだよ」と説教してやりたくなる（笑）。

いとう――早く目を覚ませって？

奥泉――早く目を覚まして、忍者になって、友だちをつくろう！

『草枕』

反物語かつ非人情

二〇一五年五月一三日
東京堂書店

一九〇六年（明治三九）に発表された中編小説。
「山路を登りながら、こう考えた。智に働けば角が立つ。情に棹させば流される。
意地を通せば窮屈だ。とかくに人の世は住みにくい」という語りから始まる。
俗世を離れて、芸術に生きようと、熊本の温泉を訪れた画工は
美しい女性・那美に出会い、交流を深めてゆき……

奥泉――僕は近畿大学で授業をしているんですけど、『草枕』を学生に読ませるのはけっこう大変なんですよ。だから何をするかというと、『草枕』は面白いぞ、『草枕』は面白いぞって、耳元でずっと囁くんです。

いとう――**妖怪草枕！**

奥泉――『草枕』というタイトルだけでもまずは読めと言っているんだけど、それでいいと思う。いとうさんもそうでしょう？

いとう――僕は、常々タイトルこそが詩だ！と言ってます。

奥泉――簡単に言ってしまうと、読むということは、ある小説と読者が関係を結ぶということ。だから頭から最後まで読み通すことに、そんなに意味はない。もちろん読んでもいいけど。読んじゃダメとは言わないけど（笑）。

いとう――書物と触れ合えればいい、と。

奥泉――そう。逆に言うとね、頭から最後まで読んだといったって、ちゃんと読んでないかもしれないし。

いとう――それで読んだといえるのか、と。書物を一行目から最終行まで必ず読んで、先生に教わったような感想文を書くということは、読んだことにならない可能性もある。

奥泉――じゃあ、どこからが「読んだ」と言えるのか。

いとう――最悪、タイトルを読まなくてもいいの？　モヤッとさ、「なんか枕みたいなのがあったな」っていうのはどうなの？

奥泉――それでも……いいです！

いとう――いいんだ！（笑）それも認められちゃった！　新しい！

奥泉――それでもいい！（笑）

いとう――なんとなく頭に存在してるだけでも、いつか古本屋で「あっ！」となるかもしれない。「枕、枕と寝具のことばっかり考えてきたけど、そうか、草枕か！」って。それも『枕草子』でもないよっていうね。

奥泉――読むというのは、活字を眺めてじっとしているのではなくて、『草枕』はこうだったあだったと、誰かと語ることも読むことに入るんだよね。

いとう――たしかに。文芸漫談でよく起きることだけど、ここでしゃべって初めて「ああ、奥泉さんは、そう読むのか。僕はこう読むんだ」って気づく場合がありますよね。それが面白いよね。

奥泉――そのことについてしゃべったり、聞いたり、そういうことを含めた言葉のネットワークの中に、小説を読むという行為はある。

いとう――猫カフェみたいに『草枕』が置いてるカフェがあってもいいのかな。

奥泉――**草枕カフェ？**　新しいね。店じゅうに『草枕』が置いてある。

いとう――草枕が寄ってきたり。「この草枕、かわいいじゃん」って。

奥泉――「これ、血統のいい草枕だね」って（笑）。

◉「とかくに人の世は住みにくい」

奥泉――では早速、いきますか。『草枕』。

いとう――好きでしょ？

奥泉――もちろん。いつも手元に置いておきたい本です。

いとう――枕頭の書ってやつですね。枕でいえば。

奥泉――家に『草枕』の文庫が五冊くらいある。すぐどこか行っちゃうから、買っちゃうの。絶えず触れていたい。どこかパッと開いたところをちょっと読む。それを時々したくなる。そういうタイプの本。

いとう――ああ、わかる。

奥泉――ある小説が好きだとか面白いとか言うじゃない？　でも、一回だけ読んでそう言ってもしょうがないんですよ。面白いと思ったら、何回でも読んじゃう。音楽がそうでしょ？

いとう――絵も同じ。「ピカソの青の時代、最高ですね！」って、一回だけ見て終わるなんてことないよね。「もう一回見ようよ！　上野に来てるよ！」って言いたくなるよね。

奥泉――でも何度も読んじゃう小説って、そうたくさんはないんだよね。僕にとって『草枕』はそういう数少ない本のひとつ。いつも新しいんですよね。この小説の持っている批評性は衰えを知らない。

いとう――この手法や書き方をしている人って、見当たらないんですよね。

奥泉――そう。具体的にどういうことか、見てみましょうか。ご存じの通り、冒頭は有名すぎちゃいますね。〈山路を登りながら、こう考えた。／智に働けば角が立つ。情に棹させば流される。意地を通せば窮屈だ。とかくに人の世は住みにくい〉。

いとう――出た！

奥泉――ここだけ有名になりすぎたよね。

いとう――漱石はささっと書いて様子をうかがった感じなんだけど。

奥泉――ここが有名になりすぎたために、こういう小説だっていうイメージになっちゃった。

いとう――なっちゃった。

奥泉――僕もずっと、人生の知恵を伝えてくれているような、とてもよい本、というイメージだった。でも全然そんなことないんですよ。

いとう――「とかくに人の世は住みにくい」と言った後の、〈住みにくさが高じると、安い所へ引き越したくなる〉という、ここからだと思うんですよ。**最初に書いた三行に対してツッコミが入ってくる。**つまり笑わせてるんだよね、漱石は。普通「とかくに人の世は住みにくい」とくると、「住みにくい世の中だよな。大変だな」ってなっちゃうじゃない？　そうじゃなくて、それが「高じると安い所へ引き越」すところを皆、無視しすぎ！

◉VS自然主義リアリズム

奥泉――『草枕』の批評性を考えるとき、やっぱり歴史的な文脈の中に置いてみるのがわかりやすい。これは一九〇六（明治三十九）年に書かれた作品です。

いとう——自然主義隆盛の頃だね。

奥泉——日本のリアリズム小説が成立した時代。なんとかリアリズムを日本語でつくろうという先人たちの努力があった。漱石はその努力を知っているわけですよ。けれど、漱石はそれだけが小説じゃないぜ、と思っていた。

いとう——英文学を読みながら「他の書き方があるんじゃないのか？」と思ってた。

奥泉——そういう意味でいうと、『草枕』は、同時代の文学や小説に対する批判性が高い小説なんです。なにしろ「非人情」ですから。自然主義リアリズムの対極じゃないですか。

いとう——人情とか勧善懲悪があって、そこから近代小説が離れて、人間を突き詰めようとして人間の真理とか言い始めたわけだからね。

奥泉——赤裸々な人生の実相を描き出すというね。どんなに醜いものでも描き出す。むしろ醜いほうがいいくらい。

いとう——醜さ合戦になっちゃうんだよね。

奥泉——ついつい布団の匂いを嗅いじゃったりしてね（笑）。俗世間に当たり前に存在している人間たちの、欲望や行動や思想や感情、そういうものをリアルに描いていこうというのが自然主義リアリズムですからね。『草枕』は、そういうことをしたくないと、はっきり宣言しています。

いとう——自分は非人情でいくのだと。

奥泉——**布団の匂いを嗅ぐのが嫌だから、温泉に来た**と（笑）。

いとう——そうなのか？（笑）『草枕』には、ひとつには、「非人情」という、文学の流れに対する批評がある。もうひとつに、まだ病気から治癒できていない漱石が取っちゃった、人との距離があった。その距離の取り方と文学との距離の取り方は、違うと思うんですよ。良い距離を取るということはどういうことかというと、何も感じないということじゃなくて、いつも言うことですがユーモラスであるということ。

奥泉――そうですね。そういうユーモアも含め、ここで述べられている芸術論、文学論自体が、自然主義リアリズムに対する批評*になっているということが、一読明らかになります。

◉難読漢字の洪水

奥泉――次に、大きな特徴として言葉数の多さがあります。読めない字がいっぱい出てくるよね。

いとう――昔の人だってこんなの読めてないでしょ？

奥泉――読めてないんじゃないかな。禅語が多いんですよ。『吾輩は猫である』の後半でも、ものすごく禅語が増えてくる。つまり、禅の本を読んだ漱石が禅語から取ったかっこいいフレーズを意図的に使っている。

いとう――下手すると、単にかっこいいかたちの文字とかね。

奥泉――「あ、これかっこいいな」っていうんで「使おう！」というふうに。絶対にそうです。そういうふうにして作られているんですよ。

いとう――漱石は英文学をやっているわけだから、バンバン英語が入ってもいいんだけど、表音文字はそんなに使わないですね。むしろ逆に、英文学になかった表意文字を使う。

奥泉――一例だけ挙げましょうかね。三章の芸術論のところなんだけど、〈天然にあれ、人事にあれ、衆俗の辟易（へきえき）して近づきがたしとなす所において、芸術家は無数の琳琅（りんろう）を見、無上の宝璐（ほうろ）を知る。俗にこれを名（なづ）けて美化という。その実は美化でも何でもない。燦爛（さんらん）たる彩光は、炳乎（へいこ）として昔から現象世界に実在している。ただ一翳（いちえい）眼にあって、空花乱墜（くうげらんつい）するが故に、俗累（ぞくるい）の羈紲牢（きせつろう）として絶ちがたきが故に、栄辱得喪（えいじょくとくそう）のわれに逼（せま）る事、念々切なるが故に、ターナーが汽車を写すまでは汽車の美を解せず、応挙（おうきょ）が幽霊を描くまでは幽霊の美を知らずに打ち過ぎるのである〉。

……難しいよね！

いとう――ほぼわからなかった（笑）！

奥泉――どう考えたって「羈紲牢（きせつろう）」なんて使わないよね。どういう漢字か説明できないもん。

いとう――「紲」なんて字は初めて見たし、今後見ることもないでしょ。冒頭でも〈住みにくき世から、住みにくき煩（わずら）いを引き抜いて〉とか言い出してさ、云々かんぬんあって、〈丹青（たんせい）は画架に向って塗抹（とまつ）せんでも五彩の絢爛（けんらん）は自（おのず）から心眼に映る〉って……わけのわからない坊主が唸り出す感じ。〈ただおのが住む世を、かく観じ得て、霊台方寸のカメラに澆季溷濁（ぎょうきこんだく）の俗界を清くうららかに収め得れば足る〉には、僕ここに「笑っちゃう！」って書き込んだ。

奥泉――今いとうさん、ラップみたいになってた。

いとう――描くべき対象と描いている言語が少しずれてるから笑っちゃうんですよ。ちょっとした

＊ 自然主義リアリズムに限らず、通念化しつつあった「小説」というものに対する批評があるというべきだろう。（奥泉）

ことを大きく言ってるだけなんです。これはいつもの距離の操作なんですよ。

奥泉――ここが自然主義リアリズムに対する決定的な批評ポイントでもある。つまり自然主義リアリズムは言葉数を減らすんです。語りを透明化する*のが自然主義リアリズムの基本ですからね。

いとう――セリフに「悲しい。悲しいのだ」とか書いてあるだけ。『草枕』には、一個もないですもんね、単に「悲しい。悲しいのだ」なんてセリフ。

奥泉――サマセット・モームは、雨が降ったと言いたいなら「雨が降った」とお書きなさいと言ってるんだけど、『草枕』はいろんな雨が降っちゃうよね。

いとう――「累々としてナントカの驟雨（しゅうう）、啾啾（しゅうしゅう）とせり」とか書いちゃうよ。

奥泉――十九世紀の泉鏡花とか尾崎紅葉とかは、すごく言葉が多いよね。

いとう――キラキラキラキラしてるんですよ。

奥泉――それに比べて二十世紀以降のリアリズムは、どんどん言葉の数が減っていって、ついには武者小路実篤にまでたどり着く。『真理先生』**なんて全然描写がないですからね。

◉何か美しい感じ

いとう――言葉数は多いけど、もし『草枕』の筋をまとめなさいと言われたら、三行くらいでまとまっちゃうかも。温泉に行って、不思議な女の人に出会いました。おしまい。

奥泉――自然主義リアリズムでいくんだったら、たとえば那美さんには夫がいて、出戻ってきていて、二人の間に何かがあったことが暗示されてるんだけど、そこを書き込むよね。場面が急に変わったりしてさ。

いとう――「一方その頃」。

奥泉――そう、「一方その頃、別れた夫は……」。

いとう――温泉宿の片隅の部屋で二人がぼそぼそしゃべってると「おっ」と。聞いてみると、どうも大きな借金があるらしい。

奥泉――リアリズム以前の小説だったら、「ちょっと二人の様子を覗いてみよう」[***]って言っちゃうかもね。

いとう――そこまで言っちゃ、出すぎ！

奥泉――田山花袋（かたい）だったら、いきなり二人のシーンに進めちゃう。「近頃どうしているんだい」「どうもしていないわ」なんてね。

いとう――誰が見てるんだよ！っていう問題になってくるから。

奥泉――久一（きゅういち）という那美さんの従弟（いとこ）が出てきて、戦争に行く。これは深刻な問題なんだけれども、この小説の中では多く書かれない。暗示されるだけです。でも、もしリアリズム小説だったら、

* そうやって小説中の出来事を読者があたかも直接体験しているかのように感じさせるわけです。（奥泉）

** 二〇一五年四月の文芸漫談（於北沢タウンホール）で取り上げた。ある意味抱腹絶倒。（奥泉）

*** 『浮雲』を書き始めた頃の二葉亭四迷もこのテのフレーズを使っている。後半になるにしたがって消えていくが。（奥泉）

久一の苦悩とか迷いとかもっと書き込むよね。彼の見る那美と夫の姿が書かれたりもする。

いとう――「こんなとこまで見てたんだ、久一！」という感じに書きたくなっちゃう。

奥泉――そういうのを一切しない。それがこの小説の大きい特徴だし、面白さだと思いますね。人生の機微に関わるような事柄には少し触れるだけでツッコまない。

いとう――**〈余が欲する詩はそんな世間的の人情を鼓舞するようなものではない〉**と言っちゃってるもんね。だから人情とか痴情とか関係ない。

奥泉――俗念を放棄して塵界を離れた心持ちになれるってね。別のところで漱石は自作を解説しているんだけど、簡単に言ってしまうと、「何か美しい感じが伝わればいい」って言うんですよ。

いとう――ヒップホップ用語で言うと、**いいバイブス***が来ればいい。波調。

奥泉――何が書いてあるかとかは気にしないで、ムードが伝わればいい。

◉謎多き那美さん

いとう――もちろん主人公は絵描きだから、それは当然なんですよね。しかし那美さんは変だよね。那美さんが鏡が池という池に行く。そこには、昔虚無僧（こもそう）に恋した女の人が身を投げてしまいましたという物語があった。どうも那美さんも気が狂っているらしい。画工が鏡が池にいると、那美さんが岩の上にポンッと急に現れちゃって、また向こうへポーンと行っちゃうからびっくりするんだけど、それが何も解決しないうちにまた那美さんが普通に出てくるから、「えっ？」ってなる。

奥泉――その辺には僕、あまり触れたくなかったんだけどね（笑）。

いとう――でも言っとかないとまずいですよね（笑）。

奥泉――まあ、那美さんは変ですよね。まず最初の夜に、温泉宿に画工が泊まってると、歌が聞こえてくる。海棠（かいどう）の木の下で歌ってるんですよ、**夜中の一時に。**

いとう――真っ暗だよ。何やってるの？ **誰?!** 自分の部屋の前をきれいになりで、右から左、左から右、ずっと行ったり来たりしてるんだよ。どうかしてる。

奥泉――振り袖着てスッと通るんだよね。それも一回じゃないよ。何回も通る。また来るかなって思ってると、本当にまた来るの。

いとう――絵描きもさ、声かければ止まるのに、じっと見ちゃってるから。那美さんもずっとやらなきゃならないじゃん（笑）。

奥泉――最初にこの土地に画工が来たときに、那美さんが輿入（こしい）れしたときの振り袖がきれいだった、頼めば着てくれるかもしれない、なんて茶店で婆さんが話してた。それを彼女が知って、実際に着てきた。

いとう――頼んでもないのに見せてくる。相当おかしいよ。そういう女の人を書く漱石もいつものごとくおかしい。

奥泉――たしかにね。

いとう――**漱石はよく変な自意識過剰の女の人を書くわけだけど、これはいちばんすごい。**

＊　フンイキ。イキフン。（いとう）

『三四郎』の美禰子（みねこ）の場合は気を惹くためにやってる。でも那美は気を惹くためなのか何なのか、まったくわからない。しかも絵描きのほうも、そんなに気を惹かれていない。それで「非人情だ」と言って終わるんだもん。**狂女もやってられないよ**、非人情とか言われてさ。こっちは狂女でがんばってるのに！（笑）今までの男だったら皆「どうしたんですか?!」って来たのにさ、こいつだけは来ないから、何十回も行ったり来たりして疲れちゃってるんだよ、もう（笑）。

奥泉——たしかにそうだね。

いとう——しまいには岩から飛び降りたりして、ザブーンなんて。

奥泉——あれは要するに、岩の向こう側の地面にピョンと降りたっていうことですよね。

いとう——水の音もしてないからね。意外に向こうが低かったんだろうね。何やってんのかな、那美さん。さらに、お風呂に入ってたら裸で来ちゃうんだよ。そんなおかしな女、いいの？

奥泉——この時代だと「お背中、お流ししましょうか」っていうのがあるにはある。『三四郎』でも出てくるでしょ。最初のほうでたまたま汽車で乗り合わせた年上の女性と一緒に泊まることになって、お風呂場に来て「背中を流しましょうか」って。しかし、那美さんは流しもしないからね。

いとう——流しもしないよ。しかも自分でフワーッて画工のほうに降りてきちゃって。

奥泉——裸体を見せちゃう。

いとう——これは読者サービスかな。

奥泉——そうね（笑）。エロチックなシーンだよね。

いとう——エロとしてはかなり素晴らしい。

奥泉――で、何するでもない。このシーンのラストがまた変。裸体については美しい描写を重ねるわけですが。

いとう――これが書きたかったのかな。

奥泉――〈片鱗を潑墨淋漓の間に点じて、虬竜の怪を、楮毫の外に想像せしむるが如く、芸術的に観じて申し分のない、空気と、あたたかみと、冥邈なる調子とを具えている〉。

いとう――メイバク？

奥泉――意味わかんないよね。でも、いいんですよ、わかんなくて。なんとなくきれいであれば。それで、〈渦捲く烟りを劈いて、白い姿は階段を飛び上がる。ホホホホと鋭どく笑う女の声が、廊下に響いて〉となる。

いとう――こっちは何も思ってないのに、ホホホホとか言われても。

奥泉――〈静かなる風呂場を次第に向へ遠退く〉。つまりね、お風呂に浸かってないんだよ。おかしくない？

いとう――風邪ひきますよ。そしたら〈余はがぶりと湯を呑んだ〉。どっちもどっちだよ？（笑）俺ね、今回は笑えるところに全部、線を引いてあるんだけど、「余はがぶりと湯を呑んだ」にも線引いてある。これはギャグですよ。面白がらせてる。ギャグと美と何かが互い違いなんですよ。だから自分に酔わないっていうのかな。**鏡花だったら、このまま余はがぶりと湯は呑まない**と思う。

奥泉――鏡花は呑まないね。

いとう――きれいな女の人がきれいにいなくなったままで、終わると思う。漱石はがぶりって、ちょっとだけ笑いを入れる。落語みたいなことをするんだよね。

奥泉――なるほどね。しかし那美問題は今回論じなくてもいいかなと思ってたんだけど……。

いとう――那美問題は、僕らが論じないで誰が論じるんですか！

◉発動しない物語

奥泉――ある朝、那美さんが白鞘（しらさや）の短刀を持ってるのを画工が見ちゃう。このプロットはどうですか。

いとう――漱石にしてはずいぶん俗なことをすると思う。それで人を刺すかに見えて、実は短刀じゃなかったとか。

奥泉――『草枕』の特徴には、もうひとつ、反物語ということが強くある。ヨーロッパ文学ではモダニズムの流れがあって、のちにフランスだとアンチロマンにまで展開する、物語性から離脱する流れが二十世紀にはある。一方で十九世紀は、リアリズムでもって赤裸々に人間を描くといいながら、**物語を密輸入**しているところがあると思うんですよ。物語から離脱するかのように見えて、実は物語にひそかに寄りかかって作られた作品が多い中にあって、漱石はこの短刀のくだりでわざと物語をぐっと盛り上げておいて、一気にカクッとさせている。

いとう――**物語膝カックン**ね（笑）。それは完全に狙ってる。「君たち、こういうのをよく書いてるよね。刺しちゃうよね。でもこっちはサッと終わっちゃうよ」、そういうことを平気でやっちゃう。それが厭味な感じじゃないんだよね。きれいだから。

奥泉――つまりこの小説は反物語だということ。九章で、画工が那美さんと二人で対話するところがあるんだけど、漱石はここでそのことを小説中に書き込んでいる。画工が本を読んでいると、「御勉強ですか」とか言って来るんですよ。

いとう――「何読んでるんですかぁ?」みたいな。

奥泉――いきなり入ってくる。画工は英語の本を読んでいるんだけれども、〈ホホホホ。それで御勉強なの〉と言われて〈勉強じゃありません。ただ机の上へ、こう開けて、開いた所をいい加減に読んでるんです〉と答える。

いとう――奥泉さんと同じ読書法だね。

奥泉――そう。で、〈初から読んじゃ、どうして悪るいでしょう〉と彼女が聞く。〈「初から読まなけりゃならないとすると、しまいまで読まなけりゃならない訳になりましょう」/「妙な理窟だ事。しまいまで読んだっていいじゃありませんか」/「無論わるくは、ありませんよ。筋を読む気なら、わたしだって、そうします」/「筋を読まなけりゃ何を読むんです。筋の外に何か読むものがありますか」〉。こういう会話をしていくんです。早い話が画工は、小説というものはストーリーを読むものではない、と。

いとう――主張してるよね。

奥泉――非人情な読み方というものの具体的なテクニックを、ここで説明していますね。画工自身がこう語っている。〈小説も非人情で読むから、筋なんかどうでもいいんです。こうして御籤を引くように、ぱっと開けて、開いた所を、漫然と読んでるのが面白いんです〉。最初に僕が言ったことを画工が主張しているんですよ。物語じゃない、筋じゃない、ストーリーじゃないという主張がこの小説を貫いている。物語を読まなくていいということを、はっきり言っている。今はこの考え方はわりと当たり前で、小説の世界の常識でもあるんですけどね。

いとう——物語批判はある程度、共有されているけど、物語を外れて面白いものを書くことは大変難しいじゃないですか。

奥泉——実際に僕も小説を書いていますけど、物語に頼るところは大きい。いとうさんは物語に頼らない方法を模索していて、それで一時書けなくなったことがあったんだよね？

いとう——そうそう。十六年も書けなくなった（笑）。それと、人の世の中と自分がやっていく距離感の問題をね、嫌な感じなく表わそうとすると、やっぱりこんな感じになるんだろうな、と思う。すごいお手本です。なぜかというと、エッセイを書くように次から次へと話題が変わっていくのに全部小説になってる。普通はエッセイを書いて小説になるのは、私小説なんですよ。ところが『草枕』はまったく自分のことが出てこないのにエッセイのように書いていて、急に俳句を詠み出したり漢語が出てきたり、平気でやってる。これは超絶技巧ですよ。

奥泉——これぞ『草枕』な感じ。

いとう——『草枕』感を僕がいちばん感じたのが、この短刀を持ってる話なんです。〈**するりと抜け出たのは、九寸五分かと思いの外**〉、つまり自分の元の旦那を刃物出して刺すのかと思うと、出したのは〈**財布のような包み物である**〉と。ここは物語が急に迫ってくる。〈**差し出した白い手の下から、長い紐がふらふらと春風に揺れる**〉。この後の二行ね。〈**片足を前に、腰から上を少しそらして、差し出した、白い手頸に、紫の包。これだけの姿勢で充分画にはなろう**〉って、ナンセンスですよね。物語、関係ない。何その格好？　え、何言ってんのって?!

奥泉――もしかしたら刺しちゃうかもしれないと思ったら、出したのは財布のような物だった。

いとう――ここまでが物語で、その後物語が続くかと思うと、非意味的なひとつの画（え）になってる。これはすごい二行！

奥泉――一見わざと物語を発動させようとしながら、今いとうさんが紹介したように書く。

いとう――そもそも那美さんは強力な物語を持っているのに。

奥泉――そう。那美さんは、かつて川に身を投げた伝説の「長良の乙女」に似ていると言われているんですよ。さらに先祖にも長良の乙女みたいに自殺した人がいる。

いとう――出た！　物語中の物語ですよ。「親の因果が子に報い」でしょ、これ。

奥泉――画工のイメージの中ではオフィーリアとも重ねられる。だから**この人は絶対に身投げするしかないんだよ。**

いとう――物語的には。

奥泉――僕が作者だったら、「うーん、なんとか身投げさせるか」と考えちゃう。

いとう――身投げさせなかったら、読者がかなり肩すかしを食らう感じがあると思うんですよ。でも身投げしない上に、肩すかし感もない。せいぜい岩場で向こうに落ちるだけ。不思議だなあ。

奥泉――漱石はわざとそこまでやっておいて、これが小説というものだぜというはっきりした信念を見せている。だからこれは**漱石が本気を出した小説**なんですよ。新聞小説作家になってからは本気を出してないと思う。

いとう――そんな感じする？（笑）

奥泉――いや、言いすぎました（笑）。でも新聞小説作家だってことを意識して書いたのは事実。

いとう――反小説的な小説は『草枕』でやったし、っていうのはあるかもしれない。

◉絵画のように

奥泉――『草枕』は漱石の小説に対する考え方、芸術に対する考え方を、徹底的に詰め込んだ作品だと言えると思いますね。だから描写なんか、ものすごく丹念だもんね。

いとう――それはある。

奥泉――全部は紹介しきれないけど、どこを取ってもいいくらい丹念ですよ。一例だけ挙げると、六章、夕暮れどきに机に向かう。宿屋の人が皆いなくなっちゃうんだけど、「あれ？　皆いない？　一人取り残されちゃった感じがする」っていうふうになって、これが気持ちいい。それを言葉にするときに、〈己(おの)れを雲と水より差別すべきかを苦しむあたり〉へ皆行っちゃった、と、なんだかわからない書き方をする。普通だったら「夕暮れが迫った」ってただ書くよね。

いとう――ヒグラシが鳴いたりしてね。

奥泉――ヒグラシは鳴かせたくないなあ（笑）。

いとう――そう？（笑）ヒグラシはつい出ちゃう、僕の中で。キキキキキキキキキキキキキ。

奥泉――のちの自然主義リアリズムもそうなんだけど、誰かの感情を情景描写で書くのが小説の基本的な技法になっているんですよね。たとえば悲しいという気持ちがあったら、「悲しい」と書くんじゃなくて、海の情景を書いて、沖に一艘の小舟があってナントカカントカ……っていう情景を書くことが内面の悲しみを伝えていく。それが基本。

いとう――『草枕』は伝えてないんだよね。雲とか何とか言ってる間にどんどんフレーズがすごいことになっちゃって、何も伝えてないのに、ずっと書いてて、こっちはずっと読んじゃう。

奥泉――そう。ある感覚は伝えてるんだけど、この感覚は出発点ではなじみのものなのに、言葉を読み進むうちに、もう全然なじみじゃない感覚の場所に連れて行かれる。それがこの小説の素晴らしいところなんです。

いとう――そういう意味では、十章にいちばんのアクセルが来てると思う。

奥泉――椿のあたりでしょ？

いとう――鏡が池に行って、ここはずっと現在形で「している」「いる」って、過去形を使わないかたちになって始まっていて、特に何てこともないんだけど、石を投げてみたりして、そういうことをしているうちに椿がバサッと落ちるわけです。

奥泉――この椿のあたりは、わりと言葉が易しいですよね。**〈見ていると、ぽたり赤い奴が水の上に落ちた。**（中略）**ぽたりぽたりと落ちる。際限なく落ちる〉**。

いとう――来た、来た！　**『それから』でも赤がラストに来る**じゃないですか。あのときのテンションにちょっと似てるんだよね。赤いものが際限なく続くというイメージが漱石の中にあって、こう書くのかっていう。

奥泉――『それから』でも植物とか花の描写がすごくたくさんあるんだよね。

いとう――それは漱石が俳句を詠んでいたことと関係あると思う。季節の植物のことをよく知ってる。

奥泉――『草枕』は椿で一ページでしょう。この後も、サボテンやら木蓮（もくれん）やら木瓜（ぼけ）やらが次々描写される。

いとう――十章の場合はそこからセリフに入っていく。だから形式がどんどん変わっていってるんですよね。音色の似た楽器の曲がつながって聞こえてくるような。**ＤＪ的なことしてる。**

奥泉――同時に絵画的といえる。この小説は絵画のように読む小説だとつくづく思うんです。だから最初から最後までをネチネチネチネチ読む必要はない。

いとう――絵だったらひとつのタブローの中に入ってるじゃない？　でもこれはひとつの中には入ってないから、メディアとしてめくらざるを得ない。でもめくることで絵の一部分を自分が貼っていくような状態を作れるわけ。そういうふうに漱石は考えたんじゃないかな。書物というメディアをどういうふうにすれば、この平面的なものに匹敵しうるか。文字ってやっぱり、いくらか行は費やさざるを得ないよね。ある程度つなげないと意味が発生してこないから。そのギリギリ、ナンセンスかナンセンスじゃないかのギリギリをやる。絵に似せようとした場合、小説が絵にかなわない感じがあるけど、でも十章は３Ｄの絵の中を潜っていくような描写なんですよ。とにかくナンセンスだけど、すごくかっこいい。

奥泉――うん、とにかくかっこいい小説なんだよね。

『門』

人生の苦さをぐっとかみしめる

二〇一五年一一月八日
三川町文化館なの花ホール

一九一〇年（明治四三）に発表された中編小説。
『三四郎』『それから』に続く、前期三部作、最後の作品。
親友を裏切り、彼の妻を自分の伴侶としたことで、
罪悪感にとらわれ続け、ひっそりと暮らす主人公・宗助。
そんな折、親友の消息を耳にして、救いを求めて禅寺の門をくぐるのだが……

奥泉——皆さん、ようこそ文芸漫談へ。いつもは東京・下北沢で行なっている文芸漫談ですが、本日は山形県は三川町（みかわまち）に呼んでいただき、漱石の『門』についてお話しすることになりました。

いとう——ここ三川町は、奥泉さん生誕の地だそうですね。ご実家があって……そのせいかお客さんもたくさん来てくださったし、[*]会場は結婚披露宴みたいなピンクの照明ですし、「故郷に錦を飾る」的な感慨、あります？

奥泉——いや、だいぶ前から錦はそれなりに飾ってきましたから、そんなに気負いはないです（笑）。いとうさん、庄内平野は初めてですか。

いとう——はい。やっぱり広いですね。緑が多くてひらけている。僕、ペルーを思い出しました。あそこも平らで、遠くまで反響するものがないから、耳に音が聞こえないのよ。

奥泉——本当なら鳥海山（ちょうかいさん）も月山（がっさん）も見えるんだけど、あいにくのお天気で。僕はこちらの生まれですが、すぐに東京に移ってしまったので住んだことはないんです。だから庄内弁は話せない。母が住んでいるので、こちらにはよく来ますけど。幼い頃も夏休みごとに遊びに来ていて、ひいお

＊　僕の母親は「来る人がいるの？」と心配していたが、客の入りも雰囲気もよくて、我が故郷をおおいに見直しました。（奥泉）

ばあさんがしゃべるディープな庄内弁は覚えています。いとうさん、「ゲルグド」ってわかりますか。

いとう――ドイツ語？　ゲシュタポみたいな。

奥泉――オタマジャクシの意味なんです。つまり普通名詞からして違う。しかし庄内でも若い人はもう知らないかもしれないな。

いとう――『となりのトトロ』のまっくろくろすけ的な？　文学にもクレオール文学というジャンルがありますよね。

奥泉――ありますね。

いとう――自分たちの土着の言葉に、フランス語や英語が混じってできたハイブリッド言語で書かれたものを指しますが、それでいくと、庄内クレオール文学もできるわけでしょ。

奥泉――当然できるでしょうね。庄内弁に限らず、方言は残してほしいですよね。消えたらもったいないよ。

◉『それから』のそれから

奥泉――今日はあまり無駄話をせず、漱石の『門』をしっかりやっていきたい。

いとう――奥泉さんは、漱石を題材にした小説を書いたり（『「吾輩は猫である」殺人事件』）、若い人向けのガイドブック（『夏目漱石、読んじゃえば？』）を作ったりするなど、漱石の作品に精通しています。僕もひととおり漱石は読んできましたが、『門』は今回久しぶりに読み返した。若いときは辛気臭い話だなと敬遠していたんですよ。

奥泉――僕もそう。最初に読んだのは高校生のときでしたが、なんだか地味でつまらない小説だと思った。

いとう――でも今回読むと、『門』の夫婦は、**『崖の上のポニョ』ならぬ「崖の下の二人」の淋しいイメージ**がぶわっと浮かんできて、引き込まれました。

奥泉――まあ大人向けの小説ですよね。人生の苦さみたいなものを知らないと、この面白さはなかなかわからないかもしれない。

いとう――ようやくわれわれも『門』の面白さが感じられる年齢になってきたわけか。

奥泉――ですね。漱石が最初に小説を書いたのが一九〇四（明治三十七）年。それが『吾輩は猫である』で、三十七歳のときです。

いとう――遅咲きですね。そして四十九歳で死んじゃう。駆け抜けましたね。

奥泉――『猫』は英文学を研究していた漱石がうつ状態に陥り、そこから回復するべく書き出されたわけですが、引き続き漱石は小説に取り組んで、立て続けに傑作をものします。一九〇七年に一高や帝大の先生を辞めて、朝日新聞に入社し、専業作家になります。

いとう――「帝大の先生が？」とか言われたでしょうね。

奥泉――ただ、はじめは評判があまりよくなかった。新聞で最初に書いた『虞美人草』を読むとわかりますが、とにかく言葉が難しいし、読みづらい。で、試行錯誤を経て、かなりヒットしたのが一九〇八年の『三四郎』。

いとう――そもそも、新聞という新しいメディアを全国に広げるために、漱石は呼ばれたわけでしょう。面白い新聞連載が読めるから新聞の購読を、という宣伝のために。

奥泉――ですね。だから『三四郎』でようやく、多くの人に読まれなければいけないというプレッシャーに勝ったわけです。続いて『それから』を書く。この作品はいわば『三四郎』のその後を描いたもの。*

いとう――三四郎が大学を出てから、どういった恋愛関係を持つかが描かれる。主人公は代助という名前に変わりますが、要するに代助は、三千代という女性を自分の親友とくっつけます。しかし自分も三千代が好きだと気づき、略奪する。略奪を決心した途端、そこらじゅうの景色が真っ赤に染まって見えるとか、かっこいいんだよね。でもテーマとしては現代の小説や漫画にもよくあるものです。

奥泉――『それから』は漱石が書いたもっともロマンチックな恋愛小説といえますね。代助は略奪婚の結果、社会から追放されてしまう。そして『門』では、『それから』のそれからが描かれる。今いとうさんが指摘した「赤」のイメージは、あとで話しますが、『門』でも変奏されます。『門』の主人公の名前は宗助。妻は御米（およね）。しかし、明治時代って厳しいね。あれくらいのことで転落するなんて。

いとう――**奇（く）しくも『ポニョ』の主人公の男の子も宗介**という名前ですけど、こちらの宗助・御米夫婦は崖の下でひっそりと暮らす。中高生が読んで面白いわけがないよ。

奥泉――ついでに言うと、漱石は一九一〇年に『門』を書いたすぐあと、「修善寺（しゅぜんじ）の大患（たいかん）」と呼ばれる大病を患い、死にかける。しかしなんとか活動を再開して、『彼岸過迄（ひがんすぎまで）』『行人』『こころ』『道草』『明暗』と書いていって、『明暗』の途中で亡くなった。したがって、しみじみ落ち着いた大人の小説である『門』は、実は四十三歳頃の作品です。

いとう——そうか……いつになったらこんな渋いものが書けるんだろう、と五十四歳の俺が思いますよ。

奥泉——本当に渋いよね。僕は今回読み直し、結論を先に言うと、人はこうやって生きていくしかないんだなって、つくづく、しみじみ、感じ入りましたね。

◉残酷、不穏、淋しい

奥泉——では、中身を見ていきますか。小説は二十三章から成ります。その中で第一章から第十二章までを、ひとつのまとまりと捉えていいと思います。ポイントとなるのは季節が秋から冬にうつろうこと。この小説を読んでいると、なんだかこちらまで寒くなってくるよね。

いとう——崖の下で日が当たらないから、暗いんです。ユキノシタが生えている感じ。

奥泉——寒い、暗い、そして淋しい。実際に作品には「淋しい」という言葉が頻出する。

いとう——一九一〇年ぐらいの日本の小説で、これほど淋しい小説ってあったのかな。つまり「淋しさ」をテーマにしているのは珍しいんじゃないかと思いました。

奥泉——この小説は、技法的に言えば、三人称の多元**で書かれています。語り手が登場人物の誰

* 人物類型や背景はだいぶ違うけど、まあそう言えば言えないこともないかと。（奥泉）

** これに対して三人称単元というのは、ひとりの人物にずっとカメラアイが固定しているスタイル。（奥泉）

の視点にも入り込むことができる、ある意味、自由な書き方。でもこれはリアリティを失いやすいというデメリットもある。作り物めいてしまうんですよね。
いとう――都合よく見えちゃうんですね。作家が何でもわかっていて、好きに人物を動かしているように見える。三人称多元は「神の視点」とも言われますが、神が現実世界にいないのと同じで、不自然さはあるんです。
奥泉――『こころ』などは一人称ですね。でも『門』は三人称多元。一か所、典型的な例を挙げてみましょうか。漱石お得意の、お金で人々がもめるシーンです。

〈「宗さんはどうも悉皆(すっかり)変っちまいましたね」と叔母が叔父に話す事があった。すると叔父は、／「そうよなあ。やっぱり、ああいう事があると、永くまで後へ響くものだからな」と答えて、因果は恐ろしいという風をする。叔母は重ねて、／「本当に、怖いもんですね。元はあんな寐入(ねい)った子じゃなかったが――どうも燥急(はしや)ぎ過ぎる位活溌(かっぱつ)でしたからね」〉。

こういうふうに主人公の宗助が知らないこと、見ていないことも、小説に書くことができる。
いとう――なにしろ「神の視点」だから。
奥泉――そしてこの神は、つまり語り手は、やたらと夫婦二人が「淋しい暮らし」をしていることを繰り返しますが、どうして淋しいかの理由はなかなか言わない。ほのめかし続ける。
いとう――新聞小説でやられたら、明日にはわかるんじゃないかと、引っぱられちゃう。
奥泉――このほのめかしの構造は、『こころ』と同じ。『こころ』でも「上」のパートで、大学生の「私」が先生に会い、先生にはどうやら秘密があるらしいと嗅ぎつける。でも、秘密の中身は、「下」で先生の手紙を読むまで一人称の「私」には知り得ない。だから引っぱってもいいといえばいいけど。

いとう――でも『門』は、三人称多元だから語り手はすでに知っている。それを先まで読者に隠したまま進んでいく。**嫌な小説だよね（笑）**。

奥泉――ブラインドしている。[*]ちょっとずるいというか、日本の伝統的な技法である自然主義リアリズムのやり方からは、少し外れています。語り手は、嘘は言わないけど、わざと何かを言わないでいるわけだから。

いとう――一般的なリアリズム小説が、語り手などいないかのように、まるで登場人物しかいないかのように書かれるとしたら、『門』は明らかに語り手の存在を感じさせる語りなんですね。

奥泉――ですね。だからこの小説の技法は通俗小説に近いんです。通俗小説[**]にはよくありますよね。「だが、このとき、いとうせいこうはまだ自分の運命が大きく変わることを知らなかったのだ」とか。

いとう――現実世界では、たしかに知るよしもないしね（笑）。

奥泉――そうやってさんざん引っぱった秘密が、ようやく読者に明かされるのが第十三章です。十三章、十四章では、過去の出来事が描かれる。夫婦には実は『それから』と同じような出来事の体験があった。しかしそこまでの一章から十二章までは、日常とはこういうものだということ

＊　語り手が情報を読者に意図的に隠しているということ。（奥泉）

＊＊　通俗小説が一段下にあるというわけではない。ドストエフスキーは偉大な通俗小説家だという言い方は可能だ。（奥泉）

がただ淡々と書かれる。

いとう――たとえば、宗助は親が死んだとき、家屋敷の始末や書画骨董の処分を叔父さんにしてもらう。叔父さんがお金に換えてくれたことになっている。それには弟の小六（ころく）のぶんもあるはずです。小六は高校生で、もっと勉強したいからお金のことをはっきりさせたいと言ってくる。しかし兄の宗助は交渉事が苦手なんですよね。また来週だとかいっていますが、一向にお金の話にならない。

奥泉――『こころ』の先生も似たタイプ。先生はもっとはっきり親戚に騙され、人間不信に陥りますが、『門』はそこまではっきりはしていない。宗助は、叔父さんはどうも怪しいけど、そんなもんかなとも考える。叔父さんにも事情があっただろうと、もやもやしている。

いとう――もやもやしているうちに、奥さんの御米も、そんなふうにもやもやするんだったら、言わないでもいいですよとか言ってくれるものだから、引き延ばしちゃう。

奥泉――で、結局どうなるかというと、最後までもやもやしちゃう。つまり、現実とはもやもやとしているものであり、すっぱり行動して問題が解決されることなどなく、**人は不愉快に耐えて、曖昧なまま我慢してやっていくしかない**と、煎じ詰めれば、そういうことが書かれた小説なんです。

いとう――『それから』でやらかしてしまった恋愛の大騒動のその後だから、もうクライマックスを通り過ぎてしまっている。

奥泉――ですね、しかし悪いことばっかりが起こるわけではない。歯が痛くなり、歯医者へ行って、これはもしかしたら高いかもしれないなと思って料金を見たら、意外と安い、それは良かったな、とか。

いとう――本当にどうでもいいことがいっぱい書かれる。靴に穴があいちゃって、雨で足を濡らした。靴を買えばいいと奥さんに言われ、お父さんの遺品の屏風を売ってお金を作ることにするけど、それがなんと江戸琳派・酒井抱一(ほういつ)*の作なんですよ。やっぱり元は財産のある家のぼんぼんだったことがわかります。でも、抱一の価値もわからず、古道具屋に騙されるように安く買われてしまう。

奥泉――でもまあ、三十五円にはなったので、欲しかった外套と靴は買えたと。三十五円のお金が入ってきた嬉しさと、もう少し高く売れたかもしれなかった悔しさが混じり合う。それが現実なんだというふうに話は淡々と進む。ところが、第十三章、十四章で、急にトーンが変わる。

いとう――そう! ここは見ものですよ。

奥泉――音楽でいえば、静かな弦楽の演奏が続いているところへ、いきなり金管打楽器がばーっと入ってくるみたいな。十二章までは、とにかく寒くて淋しい暮らしではあるけれど、夫婦はそれなりの幸せを感じつつ、もうすぐ新年を迎える頃となる。十三章の書き出しは、**〈新年の頭を拵(こし)らえようという気になって、宗助は久しぶりに髪結床(かみゆいどこ)の敷居を跨(また)いだ〉**という、どうってことのないトーンです。しかし、第三パラグラフあたりを見てください。

いとう――この前段で、御米が病気になります。でも病気は治る。

〈蘇生(よみがえ)ったようにはっきりした妻(さい)の姿を見て、恐ろしい悲劇が一歩遠退(とおの)いた時の如くに、胸を撫(な)

* バツグンにオシャレなアーティスト、抱一!(いとう)

で卸した。しかしその悲劇がまた何時如何なる形で、自分の家族を捕えに来るか分らないという、ぼんやりした掛念が、折々彼の頭のなかに霧となって懸かった〉。

奥泉――だんだん不安が出てくる。そしてこう書かれる。〈茫漠たる恐怖の念に襲われた〉。比較的平穏だった暮らしを破壊してしまう、恐るべき何かが起こるんじゃないかという予感に宗助はおそわれる。

いとう――ホラーとかでオーケストラが低いところで鳴り始めるときがあるじゃない。怖いよ、あれ。まさに宗助が床屋で座っているとき、鏡を見る。これが予兆です。〈彼は冷たい鏡のうちに、自分の影を見出した時、ふとこの影は本来何者だろうと眺めた〉。自分が自分に見えなくなり始めるこの感じ、心が解離していきます。不穏です……。

奥泉――で、家に帰った宗助は、御米と子供の話をする。崖の上の坂井という大家さんの家は子供がいっぱいで楽しそうだね、なんて他愛のない話なんだけど、ところが御米が夜になって〈「貴方先刻小供がないと淋しくっていけないと仰しゃってね」〉と蒸し返す。しかも急に、〈「私にはとても子供の出来る見込はないのよ」といい切って泣き出した〉。

いとう――彼らには子供がない。そこまででも、子供のことは何度かほのめかされてきましたが、ちゃんとは語られない。しかし御米が、子供はできないと言い出して、空気が変わる。

奥泉――ここから過去の回想が始まります。御米はかつて三回、妊娠した。最初の子は流産でした。これは広島時代です。次に福岡に移り、今度は経過は順調でしたが、未熟児で生まれて、手を尽くすものの、一週間で死んでしまいます。そして、もう一回。妊娠したのは東京です。しかし今度は死産となります。

いとう――死産の理由は、外因的なものだよね。

奥泉――うーん、そこは医学的にはどうなのかな。〈臍帯纏絡(さいたいてんらく)〉とあるから、へその緒が首に絡まって亡くなった。産婆にも責任があると書いていますけど、とにかく御米は自分がいちど転んでしまったせいだと考える。

いとう――自分を責めちゃう。しかもこれは罰に違いないと。

奥泉――そう。これは**『それから』の呪い**ではないか、と。つまり略奪婚の呪いだと御米は言う。で、やめておけばいいのに、易者のところへ行くんですよ。御米は本来ならば占いを信じるような女ではない。ところが子を失い、産後に体を休めている三週間ぐらいは精神が弱っている。子供の位牌(いはい)とかつい見てしまったり。

いとう――それで〈とうとうある易者の門を潜(くぐ)った〉と。**ここにも門はあるんです**[*]。そして御米は占い師にずばり、将来、子供ができますかと聞く。すると、〈「貴方には子供は出来ません」と落ち付き払って宣告した〉。御米の気持ちを考えると、残酷だね。

奥泉――さらに思い切って、なぜでしょうと聞くと、〈彼はまともに御米の眼の間を見詰めたまま、すぐ／「貴方は人に対して済まない事をした覚がある。その罪が祟(たた)っているから、子供は決して育たない」といい切った〉。

いとう――良くないよ、この占い師。もしこう未来が見えたとしても、うまい言い方をするのが占い師だと思うよ(笑)。

＊『門』というタイトルはどこから来たのか考える上でのひとつの資料。(いとう)

奥泉――たしかに良くない。この章のトーンの暗さはこれまでの暗さとはぜんぜん違います。十三章には夫婦が負った傷の暗さがにじむ。もちろん宗助は占いなどはバカげていると言う。

いとう――そうだけどさ。十三章の終わりで御米が、恐ろしいからもう占い師のところに行かないと言うと、〈**「行かないがいい。馬鹿気ている」／宗助はわざと鷹揚な答をしてまた寐てしまった**〉。いやいや、もっと話し合おうよ（笑）。占いに行った理由も聞かないで、わざとのんびりして現実から逃げちゃう。すごくよくわかるけど、これじゃだめだよね。こういうときの男のだめさが残酷に描かれているけど、やっぱり読者としては、御米は台所で泣いてるぞとか思う。

奥泉――辛い箇所だよね。しかしこの十三章があるからこそ、前半の日常世界の何事もない平静さが際立ってくるんです。

いとう――激しい一手だね。これが将棋とかだったら。

奥泉――いきなり飛車とか切る感じ。とにかくこのあたり、さすが漱石と言わざるを得ません。

◉うますぎて、本をぱたりと取り落とす

奥泉――続く第十四章に入ると、トーンがすっかり変わっちゃいます。これまで宗助たちは夫婦になって六年間、喧嘩もせず、相手に飽きもせず、仲良く過ごしてきました。こんな表現で書かれます。

〈彼らの命は、いつの間にか互の底にまで喰い入った。二人は世間から見れば依然として二人であった。けれども互からいえば、道義上切り離す事の出来ない一つの有機体になった。二人の精

神を組み立てる神経系は、最後の繊維に至るまで、互に抱き合って出来上っていた〉。

いとう――すごいイメージですね。ハードSFみたい。今この文章だけ見たら、二〇一五年の小説だと思っちゃう。相互依存は人をだめにしていくけれども、二人は幸せだから、これでよかったんです、と。

奥泉――神経の末端までびしゃっと絡み合っているような、二人の強烈な結びつきがここで初めて明かされる。『それから』的経験を経た、とうてい切り離せない二人である、と。ここからしばらく、**素晴らしくヤバい文章**が続きます。

〈彼らは自然が彼らの前にもたらした恐るべき復讐の下に戦きながら跪ずいた。同時にこの復讐を受けるために得た互の幸福に対して、愛の神に一弁の香を焚く事を忘れなかった。彼らは鞭たれつつ死に赴くものであった。ただその鞭の先に、凡てを癒やす甘い蜜の着いている事を覚ったのである〉。

いとう――くわー! なに、これ?

奥泉――二人は、罪ゆえに追放されたってことなんだけど、先ほどいとうさんが『それから』の最後ですべてが真っ赤になると言いましたが、あの感じ。第一章から十二章までがモーブな、地味なトーンだとしたら、パキッと色調が変わる。

いとう――「愛の神に一弁の香を焚く事を忘れなかった」とか、もう、ヨーロッパの古い小説の翻訳だとしか思えない。これを初めから、漱石は日本語で書いた。普通はくさくなるもんです。でも、くさくないよね。

奥泉――そう、くさくない。でも「彼らは鞭たれつつ死に赴くものであった」って、ただの夫婦なのに。

いとう――鞭の先に蜜がついていても、たぶん舐められないけどね（笑）。とにかく、わけがわからないけど、格調高いです。

奥泉――こうした夫婦の姿を描いておいてから、若かりし頃の宗助がなにをしたのか、具体的な回想に入ります。〈宗助は相当に資産のある東京ものの子弟として、彼らに共通な派出な嗜好を学生時代には遠慮なく充たした男である。（中略）彼の未来は虹のように美くしく彼の眸を照らした〉。

いとう――すごい。眸が虹って、なんてサイケデリック発想。

奥泉――しかも、〈その頃の宗助は今と違って多くの友達を持っていた。実をいうと、軽快な彼の眼に映ずる凡ての人は、殆んど誰彼の区別なく友達であった〉。

いとう――なんと。みんなオレの友達、よろしく！みたいな。**まるでラッパーだね。あるいは、若大将シリーズの加山雄三。**

奥泉――陰のないお金持ち。将来についても、官僚になろうか、実業家になろうかと、夢いっぱいで、わざと京都に来て京都大学に通う。

いとう――また、東大じゃないところが、にくい。相国寺に遊びに行ったりしてね。**若冲**とか見たのかな、所蔵作品。

奥泉――その頃の宗助には、安井という友達がいる。安井こそ、のちに略奪婚で妻を奪われる男です。彼は宗助に、世の中にはすり鉢状になった谷に暮らし、一生そこから出ない人だっているんだぞと言う。すると宗助は〈**「そういう所に、人間がよく生きていられるな」**と不思議そうな顔をして安井にいった〉とありますが、これぞ、アイロニーですね。

いとう――皮肉だね。宗助こそ、のちにそういう人生を送るわけだから。

奥泉――御米を連れてきたのは安井です。ただ、最初は妹だと紹介する。しかしどうも妹じゃないし、どういう関係かはっきりとは述べられない。おそらくは内縁の妻。

いとう――たまたまこの三人で出かけることになっちゃうんだよね。

奥泉――初めて宗助が御米と言葉を交わすシーンが、僕は、この小説で二番目ぐらいに好きです。三人で買い物に出る。すると安井にちょっと用事ができて、御米と二人きりになる。そのとき宗助は間を埋めるために御米と話をします。

いとう――しますね。

奥泉――〈宗助はこの三、四分間に取り換わした互の言葉を、いまだに覚えていた。それは（中略）形容すれば水のように浅く淡いものであった。彼は今日（こんにち）まで路傍道上において、何かの折に触れて、知らない人を相手に、これほどの挨拶をどの位繰り返して来たか分らなかった〉。

いとう――普通に、今日は暑いですねとかの挨拶をしただけ。でもそれを心が覚えているんだね。

奥泉――〈宗助は極めて短かいその時の談話を、一々思い浮べるたびに、その一々が、殆んど無着色といっていいほどに、平淡であった事を認めた。そうして、かく透明な声が、二人の未来を、どうしてああ真赤に、塗り付けたかを不思議に思った〉。

いとう――ここで読者みんなが膝を打つわけよ、『それから』の二人だったんだって。

奥泉――そう。つまりここで「赤」が出てくる。〈今では赤い色が日を経て昔の鮮かさを失っていた。互を焚（や）き焦（こ）がした焰（ほのお）は、自然と変色して黒くなっていた。（中略）宗助は二人で門の前に佇（たたず）

んでいる時、彼らの影が折れ曲って、半分ばかり土塀に映ったのを記憶していた〉。

いとう——うまい！　漱石、さすが。門の前に立ち、御米が日傘を差しているものだから、その影が歪んで、〈不規則な傘の形が壁に落ちたのを記憶していた〉。

奥泉——〈少し傾むきかけた初秋(はつあき)の日が、じりじり二人を照り付けたのを記憶していた。（中略）宗助は白い筋を縁(ふち)に取った紫の傘の色と、まだ褪(さ)め切らない柳の葉の色を、一歩遠退(とおの)いて眺め合わした事を記憶していた〉。「記憶していた」というフレーズがたたみかけるように繰り返される。

いとう——その前のページから、〈いまだに覚えていた〉など、記憶が鮮明であることが強調される。もう読者を暗示とか催眠術にかけているのと同じです。俺の頭にも記憶されちゃう。

奥泉——しかも宗助は、このとき御米を好きになったわけでは必ずしもない。でも、あとから思い返すと、この場面を記憶していた、記憶していた、記憶していた、となる。

いとう——恋が始まる前のことしか書かない。ものすごくうまい。**天才ですよね。**

奥泉——いつ恋心が生まれたのか、心の動きは一切書かれない。宗助と御米が恋路に突き進む経緯も書かれない。安井は病気になり、転地療養して、そこにお前も来いと言われて宗助が行くと、先に御米が来ている。で、こうあります。〈三人は表へ出て遠く濃い色を流す海を眺めた。松の幹から脂(やに)の出る空気を吸った。冬の日は短い空を赤裸々(せきらら)に横切って大人(おとな)しく西へ落ちた。落ちる時、低い雲を黄に赤に竈(かまど)の火の色に染めて行った。風は夜(よ)に入(い)っても起らなかった。ただ時々松を鳴らして過ぎた。暖かい好(い)い日が宗助の泊っている三日の間続いた〉。

いとう——この三日で心が動いたに決まっているし、作家としてはそこは書きたくなるところでしょう。でも自然描写しかないんだね。僕はここの余白に、「俳句」と書いちゃいました。短く切れのいい一瞬の自然を捉えていますが、感情もものすごく入っている。境涯句というけれど、自分の境涯を表すのに「大変でした、ほととぎす」じゃ困る。自然のことを書きながら、作者は体験を重ねたんだなとわからせなきゃ。俳句をやっていた漱石は、やっぱり自然の使い方が見事だと思います。

奥泉――ですね。そして三人は京都に帰る。すぐあとの行に、こうも書かれます。**〈自然の進行が其所ではたりと留まって、自分も御米も忽ち化石してしまったら、かえって苦はなかったろうと思った。事は冬の下から春が頭を擡げる時分に始まって、散り尽した桜の花が若葉に色を易える頃に終った〉。**

いとう――事は始まり、もう終わったと。**〈凡てが生死の戦であった。青竹を炙って油を絞るほどの苦しみであった〉。**

奥泉――具体的に何があったかは、全然書かれない。詳細に描かれるのは、初めて言葉を交わしたときの土塀の影だけ。僕は今新しい小説を書き始めているんですが、**このくだりを読んだ瞬間、本をぱたりと取り落としました。**そしてパソコンの電源をブーンと入れて、書きつつある小説を推敲し始めましたよ。

いとう――パソコン、ブーンという音なの？　どこの？

奥泉――マッキントッシュ。

いとう――マッキントッシュは、フォーンでしょう。

奥泉――どっちでもいいです（笑）。

◉タイトルは『爪』のほうが良かった？

奥泉――そして第十五章からは、元の淡々とした日常に戻っています。やがて大みそかになる。二人にはこんな過去があったんだと読者に知らせた上で、再び日常風景が描かれる。

いとう――宗助は門松を買いに行ったり、お供えの橙（だいだい）を直したり。

奥泉――そのあとが、僕がいちばん好きなシーンです。夜に、家族でのし餅を切り分ける。弟の小六もいます。彼は実は御米を少し恨んでいる。御米と出会ったことで兄は落ちぶれたし、自分も苦労させせられたから。でも行くところがないので宗助の家にいる。最初は御米に対して気まずいところがあって、ぎくしゃくしたけれど、やがて小六も自然と夫婦に寄り添うようになる。

いとう――お餅は切るのに力が要るから、小六ががんばる。

奥泉――すると見かけの悪い不揃いのかたちのができちゃう。

〈変なのが出来るたびに清（きよ）が声を出して笑った。小六は庖丁の脊（せ）に濡布巾（ぬれぶきん）を宛（あて）がって、硬い耳の所を断ち切りながら、／「格好はどうでも、食いさいすればいいんだ」と、うんと力を入れて耳まで赤くした〉。

いとう――『坊っちゃん』でも、『それから』でも救いは清。この女中の清がいいよね。笑ってる。明るいよ。

奥泉――この小説で唯一笑っているのが、清です。僕は、前は全然気がつかなかったけど、清がこの家によくぞいてくれたなと思いました。

いとう――たしかに、この十五章、十六章を読んだときに、十二章までの日常を思い出して、ごめんね、気づかなくてと思っちゃうね。

奥泉――十二章までは退屈といえば退屈ですが、この十三、十四、そして十五、十六章と読んだ瞬間に、この人たちの生きてきた時間の手触りというかな、夫婦や、小六を含めた家族が身を寄せ合うようにして生きてきた日常の手触りが、ばーんと伝わってきて、非常に感動する。

いとう――自分も久しぶりに小説を書くようになったからわかるけれど、普通だったら、五章とか六章あたりに、ドラマ性のある過去のエピソードを入れたくなるよね。

奥泉――人によっては、十ページ目でもう入れちゃうよ。それを十三章まで引っぱる。

いとう――そして大みそかに戻る。この構成のうまさはさすがです。

奥泉――本当にうまい。ところが話はここで終わりません。なんとあの安井が、崖の上の坂井の家に訪ねてくるらしいとの噂を宗助が耳にします。このあたりの偶然性の使い方も通俗小説的ですね。

いとう――安井は宗助に御米を略奪されたあと、大学を辞め、ドロップアウトしています。坂井の弟は満州で事業に失敗したあと、蒙古に活路を見出すような男ですが、安井はどうもそいつと行動を共にしているらしい。どっちも胡散臭い男ですよ。宗助からすれば、自分が彼の人生を壊したと思っています。その彼が偶然やってくるらしい。日付がどんどん近づいてきます。宗助はこのことを御米に言えないんです。

奥泉――積み上げてきた淡々とした暮らしが脅かされるのではと、恐怖におそわれる。

いとう――散髪屋のシーンで、なにかが不安だと言っていたことが、実体化してしまう。もちろん魔物みたいな姿ではないけれど、イメージとしてはそんな感じです。それで頭が変になっちゃう。

奥泉――いとうさんなら、どうします？

いとう――俺なら引っ越すな。でも、お金ないんだよね。

奥泉――宗助も、引っ越すことは考えた。でも、御米には安井のことは何も言ってないから、引っ越しはできない。どうしよう？ それで結局宗助がとった行動はといえば、鎌倉へ行くこと。

いとう――ひとりで鎌倉の禅寺に行っちゃって、修行するらしい。でもそんな本格的な修行じゃないよね。

奥泉――十日間ですからね。**座禅入門コースみたいなものに入っただけ。**

いとう――完全に初心者。しかも解決策として、どうよ？ ひとりで解脱(げだつ)しても仕方ないでしょう。

奥泉――ここがこの小説の欠点だと、当時の批評家たちが指摘した。なんで禅寺へ行かなくちゃいけないんだと。

いとう――しかも禅寺に行ってからのシーンが、結構長いし、細かい。

奥泉――うがって考えれば、漱石はこのシーンを引き延ばさざるを得ない事情を抱えていたのかもしれない。よく知られていることですが、漱石は朝日新聞の文芸欄の責任者だったので、自分で書くだけじゃなく、ほかの作家に執筆依頼などもしていた。小説を連載予定の作家が、「ちょっと原稿が遅れていて」なんて言ってきた場合、漱石は時間稼ぎをしたらしい。ここはそうなんじゃないかな。

いとう――そういう外部的な理由は措いておいても、禅寺で修行したからって問題は解決しないでしょう。御米はどうするのよ。**奥さんを助けなさいよ。**

奥泉――だよね。禅寺に行ってもしょうがない。なのに禅寺のシーンを細密に描く。この不均衡は、僕は逆に面白いです。ここだけ独立した短編小説としても読める。**禅寺体験記**としてね。

いとう——それで当時、禅寺のある鎌倉がひとつのブームになったわけですよ。読者はルポとして楽しんだ。餅を切るシーンでもなんでも、とにかく漱石は風俗を細かく、生き生きと書くことができるから。でも宗助は、結局なんにも悟らないで帰ってきちゃう。

奥泉——それはそうだよね。他の人たちは五年、十年の単位で修行しているのに、わずか十日間ですからね。

いとう——『行人』にもあるところの**「死ぬか、狂うか、宗教に入るか」**という問題の前に、おそらく宗助はいる。

奥泉——ちなみに『門』というタイトルはこの禅寺の場面から来ていると言われていますね。**〈彼は門を通る人ではなかった。また門を通らないで済む人でもなかった。要するに、彼は門の下に立ち竦（すく）んで、日の暮れるのを待つべき不幸な人であった〉**。

で、悟りを開かぬまま、安井から逃げちゃえばいいと思って帰って来てみたら、安井は宗助の留守の間に来て、また満州へ戻ったらしいと知らされる。「あ、ラッキー」って感じですね（笑）。

いとう——まあ、ラッキーです。でも、御米に対する宗助は、ひどいやつだと思う。御米が知らないで安井と鉢合わせしたらどうなるかとか、ぜんぜん考えていないものね。ある意味、**男の卑怯さがこの小説のテーマだ**と現代では読むべきだと思います。

奥泉——『こころ』でも、先生は奥さんに黙って勝手に自殺しちゃう。あれはないよね。漱石の男たちはどうも身勝手なところがあるな。

いとう——『門』の宗助は死なななかっただけマシともいえる。

奥泉――小説のラストを紹介しますと、宗助はお風呂屋さんに行く。そこで商人らしい男が、ようやく春らしくなって今年初めて鶯の声を聞いた。でも、まだ鳴き始めだから下手だという話をしている。それをうちに帰り、御米に報告します。すると、〈御米は障子の硝子（ガラス）に映る麗（うらら）かな日影をすかして見て、／「本当にありがたいわね。漸くの事春になって」といって、晴れ晴れしい眉（まゆ）を張った。宗助は縁（えん）に出て長く延びた爪（つめ）を剪（き）りながら、／「うん、しかしまたじき冬になるよ」と答えて、下を向いたまま鋏（はさみ）を動かしていた〉。

いとう――有名な終わり方ですよね。「じき冬になるよ」ってね。でも宗助は**なぜ御米のために「春だね」と言ってやれないんだ!**

奥泉――あ、そこですか。そこ言いますか。

いとう――この男は、ここがだめなんだな。隣にいたら、酒飲みながら俺、説教するかも（笑）。御米だって冬を嫌っていうほど予感してるんですよ。宗助だけ何でもわかってるようなこと言うけど、実は卑小だってところを描いたって言うなら仕方ないけどさ。

奥泉――また安井が来るかもしれないしね。不安は常に生活の傍らにあり続ける。それでも、この場所で、このようにして、人々は寄り添って生きていくしかないのだ、と、そういう小説なんですね。

いとう――臆病に、こうやって生きていかざるを得ないってこと?

奥泉――不安を抱えつつ、耐えて生きていく。そういう意味では、『こころ』の先生とは真逆。漱石が『門』のあとに『こころ』を書いたことは驚きです。

いとう――ところで、この小説は、「爪」とかそんなタイトルのほうが良かったんじゃない? 禅寺の『門』はこじつけすぎじゃないかと。

奥泉——え、「爪」?「爪」かあ。たしかに『門』というタイトルは、連載小説だから初めにつけたものの、なかなか門にならなくて困っていると、弟子に宛てた手紙かなにかに書いているらしい。じゃあ、宗助と御米が初めて出会った門でどう?

いとう——いや、ほんとにそう思う。あそこの描写が飛び抜けてるし、作者の頭にもタイトルとの関連が響いたんじゃないかな。それくらい文のレベルが高い。あそこは「かど」と振り仮名を振ってあるから、じゃあ、**この小説、門と書いて「かど」と読もう**。夏目漱石『門(かど)』(笑)。それと「宗助、しっかりしろ」ということで、女性の立場から作品を批判的に読み直していくのはいいと思います。

奥泉——あと、易者もなんとかしてよ。

いとう——易者は、いつものテキスト論的に言えば、読者でしょう。事情を知りすぎている。

奥泉——事情を知れば何してもいいわけじゃない。反省してほしい(笑)。

ディスコミュニケーションを正面から捉えた『行人』

二〇一六年三月一二日
二松學舍大学

一九一二年（明治四五／大正元年）に発表された長編小説。

「友達」「兄」「帰ってから」「塵労」の四編で構成。『彼岸過迄』に続く、後期三部作の二作目。

気難しい学者の一郎は、家族からも敬遠され、孤独に苦しみ続ける。

ついには弟と妻の関係をも疑うようになり、
妻の貞操を試すため、弟に妻と一夜を共にしてくれないかと頼むが……

奥泉——皆さん、文芸漫談にようこそ。いつもは下北沢で行なう漫談ですが、今日は漱石にゆかりのある大学[*]にお邪魔し、漱石の『行人』について語ります。

いとう——このチョイス、渋いですよね。

奥泉——ちょっと渋すぎないかな。

いとう——文芸漫談はいつもお金をもらってやってるでしょ。チケット二五〇〇円かな。お金をもらって『行人』を取り上げたら、地味すぎるとクレームが来るんじゃないかと、ついもう少しメジャーに寄りがちでした。でも今日は無料イベントだし、思い切ってこれでいこうかなと。

奥泉——そんな計算があったとは(笑)。しかし念願の作品なので、やれて嬉しいです。でも本題に入る前に、文芸漫談恒例の近況報告を少しだけ。

いとう——漫談ですから、好きにしゃべってください。

奥泉——僕はですね、**ついにスマホーにしました!**

いとう——今スマホーって言いました(笑)? スマホでしょ!

* 一八八一(明治十四)年、夏目金之助(漱石の本名)少年は漢学塾だった二松學舎に入学して、一年ほど学んだ。

奥泉——そう、スマホ。もう一生ガラケーでいいと思ってたんです。で、大学生になった息子がスマホにするというので、ショップについていった。僕の口座から払ってやるからね。

いとう——お父さんからの大学入学祝いだ。

奥泉——ペッパーとかいう変なロボットもいたりして。「こんにちは」とか話しかけてくる。そいつは無視しつつ、料金とかの説明を聞いて、高いけどしょうがないかと思っていたら、凄腕の営業マンが出てきた。で、おもむろに「お父さんもご一緒にいかがですか」。

いとう——それはなかなかAIには切り出せない営業トークだ。

奥泉——「一緒に替えると、なんとなんと!」って。聞いているうちにどんどん乗せられちゃって。久々に出会ったパワフルな営業マン。でもぜんぜん押しつけがましくないの。

いとう——実際はめちゃくちゃ押しつけてんだけど、それと感じさせない。それ、すごいことですよ。だって僕は奥泉さんと十数年のお付き合いでよく知ってるつもりですが、論理には論理で返し、相手を言い負かしてきたこの男がですよ。

奥泉——向こうのほうが筋が通ってると思っちゃったんだよね。

いとう——ガラケーでいいと思ってたのに一台増やしたわけだから、はっきり負けてる。

奥泉——そうなんですよね。でもまあ、「変えない理由がない!」なんて強く言われると、そうだなと思えてきて、ここまでパワーのある営業マンなら敬意を表してもいいかなと。で、手続きしていたら、さらっと「光通信も一緒にどうですか」って。

いとう——来た!

奥泉——そうしたほうがいい気がして息子に相談したら、「お母さんの意見を聞いたほうがいいんじゃない」って。それで電話したら絶対ダメと。

いとう——夫がオレオレ詐欺みたいのにあってるって、直観したんだね（笑）。

奥泉——僕は昔、経済史をやってたんですけど、マックス・ウェーバーの「人間は必ずしも経済合理性だけで行動するわけではない」というのを思い出しました。

いとう——電話屋でマックス・ウェーバーを思い出したの?!

奥泉——断る合理的理由が見いだせないんだよね。仕方がないから、その凄腕営業担当には、「たしかに君の言うことには合理性がある。それは認めよう。しかし人間は合理性だけでは行動しないのだ」と説明して帰ってきた。

いとう——ははは（笑）。Siriに話しかけたり、フリック入力覚えたりして、ぜひ存分に使いこなしてください。

奥泉——え、シリってなんですか……?

◉谷崎みたいには大阪を書かない

奥泉——『行人』、けっこう長いですからね。読んでない人のために基本情報から。これは一九一二（大正元）年の作品です。一九一二年の十二月から連載を始め、一九一三年の十一月まで朝日新聞に連載しています。途中で中断があるのは、漱石が病気になったから。

いとう——後期の『こころ』『道草』『明暗』の前に書かれたんですね。これを書いて三年後に亡くなっちゃうというのも、不思議な感じがします。

奥泉――大きな構造から説明しますと、基本的には一人称小説です。主人公は長野二郎。この二郎が「自分」という一人称で全体を語る。ただ最後に、おそらく原稿用紙にして百枚ぶんぐらいの手紙――Hという人物による手紙が置かれる構造になっている。

いとう――『こころ』と同じだね。

奥泉――『こころ』ほどじゃないけど、けっこう長文です。

いとう――祖父江慎さんって日本の素晴らしいデザイナーがいて、赤塚不二夫に似た天才なんだけど、その人が漱石好きなの。岩波の『こころ』特装版もカバーは祖父江さん。それがこないだ下町の寿司屋で飲んだら、どうしても手紙の分量が気になって、自分で印刷してみたんだって。そしたら、封筒には絶対に入らない。小包なの？ってことになって。

奥泉――しかも『こころ』の手紙は遺書だから、死を覚悟した先生が落ち着いて家で書いた。でも『行人』では、旅行中に隠れて書いたという設定の手紙でしょ。

いとう――Hという人は二郎のお兄さんの一郎と、旅行中です。二郎がどうしてもお兄さんの様子が知りたいというので、それに応えて一郎に隠れて書いてんだよね。

奥泉――隠れてこんなに書けるかな？　しかも別荘みたいな所で四六時中一緒にいるっていうのに。

いとう――漱石は知的な小説家とばかり思われてるけど、時々変なことっていうか、無茶な構成しますよね。

奥泉――そうなんだよね。じゃ、まず長野家の人物紹介から。長野家はいわゆるブルジョワ、上流階級です。家に貴族院議員とかが来たりする、かなりエラい上層に属する家だと考えてください。お父さんはもう引退してます。

いとう――お母さんはとにかく家のことを気にしてる人。小説の中盤に、江戸とのつながりが見えるところがあり、そういう時代の変わり目を生きた人だとわかります。

奥泉――夫婦には三人の子供がいる。一郎、二郎、一番下が妹の重(しげ)。

いとう――いかにも妹らしい妹なんだよね。

奥泉――小説は二郎の一人称視点で語られますが、問題は一郎なんですね。おそらく大学の先生である彼には妻がいる。二郎からすると兄嫁にあたるこの女が直(なお)です。二郎は事務所に勤めてるっぽいけど……。

いとう――なにをやっているか、つかみにくい。

奥泉――建築物を見て、自分の職業柄どうこうというのが一ヶ所だけある。だからどうも建築関係の事務所に勤めてるらしい。

いとう――でも理系の面影はあんまりないんだな。

奥泉――ない。全体に文系的ムード。漱石に、そこはどうなのよと言いたいのは、物語は夏に始まるじゃない? で、二郎は夏の間ずっと大阪にいる。勤め人だったら、あんなに長く大阪にいられないよね。ということは、あの段階では学生だったのかな。

いとう――そこは学生でいいんじゃない?

奥泉――夏に始まり、秋、冬、春、そして初夏くらいまでの話だけど、秋にはいきなり就職してんのよ。いつの間に! 当時は校閲の人とかが「いつ就職したんですか」とか注意しなかったのかな?

いとう――今だったらしつこく「いつ入ったんですか」って赤が入る。

奥泉――そんな夫婦＋二郎のぎくしゃくした関係を主軸にした小説ということになります。周辺には、女中の貞がいる。この貞を長野家からお嫁に出そうとしている。相手は佐野という男。

いとう――おでこが広い人なんだよね。

奥泉――そう。ほかに長野家の書生だった岡田とその妻の兼。今は結婚して大阪にいる。あとは二郎の友達に三沢というのが出てくる。

いとう――後半になると一郎の友達のHが出てきます。登場人物はだいたいそんな感じ。とにかく直と一郎は冷えきってる関係。理解し合えない人たちなんです。直は、もう漱石の書く女の人だなってすぐわかるよね。これまでも書かれてきたタイプ。『三四郎』で、三四郎が列車で会って宿に同宿することになる女の人。あの女の人が帰ってきて名前がついたみたいなイメージだよ。

奥泉――『三四郎』でいうと美禰子系な感じもちょっとある。いとうさんは美禰子が嫌いだったよね？　大掃除にエプロンしてきたのが気にいらないんだっけ？

いとう――あんなすかした女、大嫌い。でも奥泉さんはそうでもないらしい（笑）。

奥泉――美禰子は措いとくとして、『行人』では圧倒的に直が精彩を放ちます。

いとう――今回は惹かれちゃう。**美禰子と違いますよ、直は。**直は自分が女性としてどうあろうかと、きちんと考えて行動してる。

奥泉――僕も直派です！

いとう――そして、一郎派ではない。一郎は、ちょくちょくパニック障害の症状が出ます。ここは後半に効いてきます。

奥泉——全体は四つの章に分かれている。「友達」「兄」「帰ってから」「塵労」*。「友達」の章では、岡田と兼が大阪にいて、そこへ二郎が遊びに行くんだけど、別にたいしたことは起きません。

いとう——漱石はマーケティング的に大阪の読者を惹きつけたくて、関西圏を舞台にしたんじゃない？

奥泉——可能性はあるね。朝日新聞の大阪本社から、「大阪書いてよ」って言われたとか。

いとう——でも漱石は東京の人だから、谷崎潤一郎みたいには大阪を書かない。面白がってるというか、恐縮してるというか、距離のあるものとして描いてます。

奥泉——「大阪は人の住む所ではない」っていう一節も出てくるよ。

いとう——読者を得たいのに逆効果だ（笑）。

奥泉——小説の中心は、一郎、直夫婦のこじれた関係、およびそこに二郎を加えた一種の三角関係なんだけど、伏線のように岡田と兼の夫婦の仲の良さが描かれる。家に泊めてもらった二郎が、岡田と兼が金魚と朝顔について他愛もない話をするのを寝床から聞いたりする。彼らは子供はいないんだけれど、平凡な幸福のムードがあります。

いとう——二郎も読者もその光景は直接見ていないんだけど、しみじみと幸福を感じられる。一郎夫婦には絶対ないね。

奥泉——しかし、この小説の人物の動きってちょっとおかしくないですか。二郎は大阪で三沢と

＊『こころ』もそうだが、漱石の章題の素っ気なさは不思議な感じがする。ちなみに「塵労」とは、俗世間における煩わしい苦労のこと。（奥泉）

いう男と会う約束をしていたんだけど、なかなか連絡が来ない。そのうち、三沢が胃を悪くして入院していると知り、見舞いに行く。そこからほぼ毎日病院に通うんだよ。すると病院に美人看護婦がいて、ちょっとわけありの芸者も入院してたりして。三沢はその芸者を知ってると言い出し、あげく、昔のちょっとした女との出来事を打ち明けるんだけど、このあたりなんだか捉えどころのない展開になっている。

いとう——僕、もう何度も『行人』を読み返してるけど、そのたびに、ああ、第一章はこんな話だった！って新鮮な気持ちになるんだよね。しかもこれが最終的な伏線になってる。

奥泉——このプロットがどこまで効果を発揮し、有効に作用しているかどうかは、僕はけっこう疑問に思うところもあるけど。でも、三沢が「あの女」と呼び続ける芸者の存在に、二郎が心動かされて軽い三角関係みたいになるとか、漱石らしさはある。

いとう——なにも思ってなかったのに、第三者を経由して、誰かのことが気になり出すって、漱石のいつものパターン。しかも入院患者の「あの女」なんて、二郎は一瞬見たぐらいなのに。漱石は、看護婦が何気なく手をつくシーンを描いたりして、短く印象的な女性の造形をみせることには長けてる。でも一方で直は、けっこう長く書かれるんだけど、ぴっと印象に残る書き方ではないと思う。

奥泉——印象的な女といえば、三沢が第一章の最後に告白する、昔の知り合いの女についてのエピソードがすごい。

いとう——目が大きな女。

奥泉——三沢にとっては親戚なのかな、いちどどこか嫁に行ったが戻された人。実家には戻らず三沢の家で面倒をみている。精神を病んだんだね。で、彼女は三沢が出かけようとすると玄関に送りに来て、「早く帰ってきてください」と必ず言う。家の女中とかにも噂されるけど、つまり、狂気ゆえに本心がだだ漏れになっている女のエピソードが後半の伏線として置かれている。

いとう——少なくとも一郎はそう解釈してる。

奥泉——つまり一郎には妻の直が本心をぶつけてくれないことへのいら立ちがある。これがこの小説の中心問題になるわけだけれど、道徳や通念に縛られず、本当の気持ち——本当の気持ちとは何かという問題はいったん措いといて——をぶつけてくれる女性として、三沢の語る女のエピソードが書かれているのは間違いない。

いとう——直に取り乱してほしい、ぐらいに思ってる。**〈あああ女も気狂（きちがい）にして見なくっちゃ、本体は到底解らないのかな〉**とか言ってるし。歌舞伎や浄瑠璃に**「端場（はば）」***という考え方があるんです。そこでは、その後のクライマックスを先取りして少しだけ構造を引用しておくことがある。筋に関係ない二人がなにかやり合ってるとしたら、それがこれから主人公たちの身に起きる大きな物語の先取りになってるの。伏線ともちょっと違う、そういう「ちらつかせ」の効果も、漱石はよく熟知してます。

奥泉——なるほど、それは興味深いな。では第二章、「兄」です。

＊ この〝伏線〟的な小イメージの提示についてくわしく書かれたものを御存じだったら教えてください。ここ十数年の謎なので。（いとう）

◉一郎はマザコン！

いとう――「兄」って、また素っ気ないタイトルですよ。

奥泉――ですね。で、三沢は無事退院して、東京に戻る。でも二郎はまだ大阪です。お母さんと一郎と直が大阪に来ることになったから。

いとう――ほぼ遊びだけど、貞とおでこの広い佐野をお見合いみたいにマッチングさせる目的もあります。

奥泉――ここまでだとどういう小説かわかりにくいけど、「兄」の章になって、一郎が出てきて、ようやく主題がくっきりします。とにかく一郎は屈託を抱えた男。

いとう――この小説はほんと不穏だよね……。

奥泉――『こころ』が血しぶきが飛ぶような鮮烈な暗さを持つとしたら、『行人』はじわじわじわじわ暗くなる。この頃、漱石、ほんとに胃が痛かったんだろうな。骨折とか裂傷とかとは痛みの質が違う。なんか重苦しい。

いとう――胃カメラがある時代だったら、すぐにわかるのにね（笑）。胃と作品の関係。

奥泉――母、一郎、二郎、直の四人で散歩に出ます。前方を一郎夫婦が歩く。でも彼らには妙な距離があるんです。〈けれども彼らの間にはかれこれ一間（けん）の距離があった〉。

いとう――一間は一メートル八十センチくらいだから……たしかに並んで歩くには微妙な距離があいてる。

奥泉――〈母はそれを気にするような、また気にしないような眼遣（めづかい）で、時々見た。その見方がまた余りに神経的なので、母の心はこの二人について何事かを考えながら歩いているとしか思えなかった〉と二郎は語る。すでに家族の中で一郎と直の距離感は問題視されてるわけ。

いとう――お母さんの息子に与える影響も書かれてるよ。実は母親が監視的なの。たぶんいい子で育った一郎は、母の手前、妻とべたべたもできない。ほっといたら、一緒に金魚でも朝顔でも見たかもしれないのに。他人（ひと）んちだけど、**お母さんやめなよ**って言いたくなる（笑）。

奥泉――お母さんは嫁の態度が悪いと二郎に言い続けるんだよね。二郎は平凡な人間という設定なので、あまり気にしない風情で〈おーいおーい〉なんて兄夫婦に向かって叫んだりする。

いとう――まあ、呑気なもんだ。

奥泉――そうこうするうち、兄の挙動が怪しくなります。〈二郎少し御前に話があるがね〉って。

いとう――そもそも父親よりも激しく支配したがるタイプの男だから、怖いよね。

奥泉――ものすごく不穏な、嫌な感じが漂ってくる。なんだろうと思うと、一郎がすぐには言ってくれないから、神社の階段とか登ったりして。そこでようやく、〈兄が不平な顔をして自分に近づいて来た。／「おい少し話しがあるんだといったじゃないか」〉。

いとう――お前が早く言わねえからだよ！って言い返してほしい、俺。もったいぶって一郎がハードルを上げてるんだよ。

奥泉――すると一郎が急に言う。〈「直は御前に惚（ほれ）てるんじゃないか」／兄の言葉は突然であった。かつ普通兄の有（も）っている品格にあたいしなかった〉。すると二郎も二郎で、〈「どうして」〉って聞き返す。

いとう——だめだめ。二郎はツッコミを知らないね。ここは「なに言ってんの?」でしょ。

奥泉——「どうして」って言っちゃうと、一回認める感じになるものね。しかしもちろん、二郎はそんなことないと否定する。でも一郎は〈「もっと奥の奥の底にある御前の感じだ。その本当のところをどうぞ聞かしてくれ」〉。

いとう——本当のこと、ねえ……。そんなこと人間はわからないし、この小説も一人称であるから、二郎はひょっとしたら直と関係がありつつ本当のことを話さないのかもしれない。でもここで、一郎はある言葉を発するんですよ。〈「だって御前の顔は赤いじゃないか」〉。これ、もし友達とかに「お前、あいつのこと好きなんじゃねえの」と言われたとして、「だって顔赤いじゃん」ってツッコまれると、顔は赤くなるでしょう。その瞬間に赤くなるというか。実はずるい論法。

奥泉——赤いじゃないかって決めつけられてもね。

いとう——すると〈実際その時の自分の顔は赤かったかも知れない。(中略)我知らず、両方の頬の熱るのを強く感じた〉。漱石、うまいなって思った。

奥泉——〈彼は始めから眼を地面の上に落していた。二、三度自分の前を横切ったけれども決して一遍もその眼を上げて自分を見なかった。三度目に彼は突如として、自分の前に来て立ち留った。/「二郎」/「はい」/「おれは御前の兄だったね。誠に子供らしい事をいって済まなかった」〉。

いとう——ああー、怖い。気が狂ってるやつが急に殊勝なこと言い出して、大丈夫かなと思ったときがいちばん怖い。ガチッと変わる。

奥泉——〈「御前の顔が少しばかり赤くなったからといって、御前の言葉を疑ぐるなんて、まことに御前の人格に対して済まない事だ。どうぞ堪忍してくれ」〉。いちおう謝る。で、次が決定的なフレーズなんだけど、〈**「御前他の心が解るかい」**〉。

いとう――うーん。彼らは母親の目を逃れて、すごく遠くまで歩いてきてこの話をしてます。つまり一郎は、母から離れて、ようやく自分の本当のことが言える。**マザコンなんですよ。**

奥泉――なるほど。そこは気がつかなかったな。で、ここから二人はまだまだ話をします。今度は二郎が立って、〈**先刻兄が遣ったと同じように、しかし全く別の意味で、右左へと二、三度横切った**〉。やっぱり兄弟だよ。

いとう――ここちょっといいんだよね。

奥泉――二郎は、他人の心はいくら学問をしてもわかりようがないと持論をぶつ。〈**「いくら親しい親子だって兄弟だって、心と心はただ通じているような気持がするだけで、実際向うとこっちとは身体が離れている通り心も離れているんだから仕様がないじゃありませんか」**〉。

いとう――うん、まったく正論だ。

奥泉――その正論がしかし一郎には通用しない。あとのほうでも一郎とHがこの問題をめぐって議論するんですが、小説のテーマはつまりこれなんだね。しかも二郎は〈**「それを超越するのが宗教なんじゃありますまいか」**〉と発言します。これもまたこの小説の大きなテーマなんだけれど、そう言われたくらいじゃお兄さんは納得しない。ただただ苦しんでいる。こういう比喩がありますよ。〈その時の彼はほとんど砂の中で狂う泥鰌のようであった〉。

いとう――**僕もベランダで長年どじょうを飼ってたから知ってる**けど、奴らはほとんど砂しか見てないからね。よほど追い詰められてる比喩です。

奥泉――で、頼みがあると言われちゃいます。〈「二郎驚いちゃいけないぜ」と兄が繰返した。

（中略）**「それでは打ち明けるが、実は直の節操を御前に試してもらいたいのだ」〉**。

いとう――おおー、すごいこと言われちゃったよ。**〈当人から驚くなという注意が二遍あったにかかわらず、非常に驚いた〉**って、すごいバカだよなあ（笑）。二回も振りがあったのに。

奥泉――試すというのは、具体的には、二人でどこかに泊まってきてくれってこと。

いとう――怖いよね。もうプレイだよね。っていうか、弟にこんなこと頼む男なんて、妻の過ごすあらゆる瞬間にそうした疑いを持ってるわけでしょう。「節操を試す」なんてきりがなくて不幸。まったく、スキャンダラスな小説なんですよね。漱石がこんな変態プレイを書いたのかって。

奥泉――谷崎だったらぜんぜん違う展開になるよね。

いとう――谷崎だったら、貞操を試すことは何もしないで、イライラしつつ、じっと観察して興奮するかも。

奥泉――二郎は貞節を試すなんてことはしないけど、お義姉さんの気持ちは聞きますと約束する。それで日帰りで和歌山に二人で行く。お母さんと一郎は海辺に残っていてくださいと。出かける予定の日は曇り。嵐の予感がある。だから行かないほうがいいかなと二郎は思うんだけど、一郎が「約束したじゃないか！」と。

いとう――もう必死だからね。

奥泉――このへんから小説はがぜん精彩を放ちます。二郎が直に問う。**〈「どうです出掛る勇気がありますか」と聞いた。／「あなたは」と向も聞いた。／「僕はあります」／「貴方にあれば、妾にだってあるわ」〉**。

いとう――**よっ！ 直！** 新派だったら声が掛かっちゃう。

奥泉――直派の僕たちとしては、直はなかなか格好いいと思うよね。で、電車に乗ると、直が〈**「貴方今日は珍らしく黙っていらっしゃるのね」**〉。ここらへん、『三四郎』の女と列車に乗り合わせたところを思い出させる。

いとう――「勇気」がないわねと、ここでも直にからかわれるんだけど、この場合、なにをすれば勇気があるってことなの？　俺はわかんない。ここからのセリフの駆け引きもすごいんだよね。どきどきする。

奥泉――直のセリフがいちいち光ってる。なんで黙っているかと問われた二郎は、兄にもそんなことを言ったことがありますかと聞き返します。すると〈**「何故そんな詰らない事を聞くのよ」**〉。また同じことを聞く。すると〈**「うるさい方ね」**と彼女が遂にいった。**「そんな事聞いて何になさるの。そりゃ夫婦ですもの、その位な事いった覚はあるでしょうよ。それがどうしたの」**〉。

いとう――ここで、直はなにかに気がついたんでしょうね。自分が一郎に試されているということ。ふざけるなという思い。でも弟にはそこまで言わず、やり過ごす。こんな意地悪な、貞操を試すなんてことをやられて腹が立つはずだろうに。**美禰子ならざまあみろだけど、**＊この直にはがんばって！って思うよ。

奥泉――つい応援しちゃうよね。

いとう――この頃カフェで時間潰すと、若い女の子が「クソ」って接頭語にすごい使うの。「クソまずい」とか、ともかくクソクソ。Fuck'in だね。これを直の言葉に置き換えて考えれば、胸が

＊　いとうさんはつくづく美禰子が嫌いなんだなあ。（奥泉）

すぐ感じがある。Fuck'in「うるさい方(かた)」ね(笑)。

◉文章から身体性が伝わってくる

いとう――二人は、お茶屋さんでご飯でも食べてから帰りましょうということになります。お風呂もあるお茶屋さん。もうここにきて二郎はあまりしゃべりません。照れというか、自意識との折り合いに悩む。好きだと思われちゃ困るし。

奥泉――そうするとまた、何を考えてるのか、とか聞かれちゃう。〈**「何、降りゃしまいかと思ってね」と自分は宜い加減な答をした。/「そう。そんなに御天気が怖いの。貴方にも似合わないのね」**〉。

いとう――直、いいぞ!

奥泉――用があるなら早く言ってと迫られた二郎、〈**「催促されたってちょっといえる事じゃありません」**〉。

いとう――もうなにか用があると言っちゃったも同然だ。漱石のセリフ、うまい。

奥泉――ほんと素晴らしい。〈**実際彼女から促された時、何と切り出して好いか分らなかった。すると彼女はにやにやと笑った**〉。こういう場合の女性の表象として、にやにやはそうは使わないよね?

いとう――特に漱石が美しく描く女性にはあまり使わないんじゃないですか。

奥泉――にやにや笑ってるってイメージは普通はいいもんじゃないですからね。

いとう――僕はかわいく感じちゃう。がぜん美しくなりますね、こういう個性が。

奥泉――たしかに。でも形勢が逆転するところもあるんですよね。二郎から兄さんにだけはもう少し親切にしてと言われた直は、〈「妾ゃ本当に腑抜(ふぬけ)なのよ。ことに近頃は魂の抜殻(ぬけがら)になっちまったんだから」〉。なんつって、涙をぽろぽろと流す。

いとう――腑抜けってのもすごいね……。

奥泉――つまり直は直ですごく努力していたんですね。とにかくこの夫婦はコミュニケーションがとれていない。妻としては、一郎という夫とわかりあうためにがんばってきたが、もうお手上げだと。

いとう――なんの不満も誰にも言ったことがないのにと、泣く。

奥泉――それを見た二郎。〈自分は経験のある或(ある)年長者から女の涙に金剛石(ダイヤ)は殆(ほと)んどない、大抵は皆ギヤマン細工だとかつて教わった事がある。（中略）けれどもそれは単に言葉の上の智識(ちしき)に過ぎなかった〉。

いとう――急に反省したね。確実に童貞でしょ、二郎。この人は童貞です！

奥泉――出た！　いとうせいこう「童貞文学論」。しかしこのあたりのやりとりは本当に面白い。直がぜん精彩を放つ。二郎はもうしどろもどろというか、「姉さんは兄が好きですか」と単刀直入に聞いたりする。

いとう――この問いは〈手を出して嫂の頬を、拭いて遣れない代りに自然口の方から出たのだと気が付いた〉。いいね、この書き方。

奥泉――直の答えはこう。〈「貴方(あなた)何の必要があってそんな事を聞くの。兄さんが好きか嫌いかなんて。**妾が兄さん以外に好いてる男でもあると思っていらっしゃるの」〉**。このへんから完全に、二郎は直にやられてます。ちょっと好きになってる？

いとう――直は、自分は腑抜けだ。でも〈時々は他から親切だって賞められる事もある〉と言い募ります。そのとき二郎は思い出すんですよね。**〈自分はかつて大きなクッションに蜻蛉だの草花だのを色々の糸で、嫂に縫い付てもらった御礼に、あなたは親切だと感謝した事があった〉**。僕はここがすごく重要だと思ってて、これは語り手による叙述なんです。発話してないの。でも直後に、かぎかっこ付きの直接話法で、〈「あれ、まだあるでしょう綺麗ね」と彼女がいった〉。ということは、**叙述と彼女の発話が一体化しちゃってる**。* 二郎は頭で思い出しただけなのに、直は返事するんです。

奥泉――そうですね。二郎が地の文で語っていることを、直は聞いちゃう。

いとう――肉体は触れてないけど、叙述上は一体化しちゃった！　どういうこと？　ここはものすごく危険。

奥泉――**テキスト論的には、この二人はやっちゃってる**。

いとう――やっちゃってるって（笑）。こう言い換えよう。少なくとも一郎とはなかった深いコミュニケーションが、直と二郎の間には成立したんです。で、二郎も、**〈ええ。大事にして持っています〉**と何の不思議もなく答える。

奥泉――テキスト論的には、完全に重なったと読んでいい。

いとう――そして暴風雨が来たという報せが入ります。

奥泉――**〈ふと耳を欹てると向うの二階で弾いていた三味線は何時の間にかやんでいた。**（中略）

自分らはこの女中を通じて、和歌の浦が今暴風雨に包まれているという事を知った。電話が切れて話が通じないという事を知った。往来の松が倒れて電車が通じないという事も知った〉。

いとう——ドオーン！

奥泉——通俗小説ではおなじみのサスペンスを高める手法。『こころ』にもあるよ。「私」に先生からの手紙が来たとき、お父さんが危篤状態で、故郷に張りついてないといけない。そこに先生の手紙が来た。読む時間もない。でもちらっと「あなたがこれを読んでいるときには、私はもうこの世にいない」という一文が見えて……。

いとう——ガアーン！ で、列車に飛び乗って手紙を読むんです。どっちのシーンも、ものすごくビジュアルが目に浮かびます。内的な一体化から生まれた叙述ね。

奥泉——テキスト論的には、彼らが一体化したからこそ、暴風雨に閉じ込められるんです。[**] しまいに停電にまでなる。

いとう——そう、後付けじゃないの。すると、今度は肉体がどうなるかという問題になるわけ。

奥泉——もう帰れないし電話も通じない。

いとう——さすが漱石おそるべし。通俗も恐れず、インフラを断ち切って！ 補助電源もなし！ まったくメロドラマだね。でも描写がすごいから、簡単にメロドラマとも言いにくい。

＊　ここ重要！（いとう）

＊＊　主人公の行為や心理が原因で、天気が変わるとか、いろいろな自然現象が起こることが小説ではよくある。（奥泉）

奥泉――〈宅中の電燈がぱたりと消えた。黒い柱と煤けた天井でたださえ陰気な部屋が、今度は真暗になった。自分は鼻の先に坐っている嫂を嗅げば嗅がれるような気がした。／「姉さん怖かありませんか」／「怖いわ」という声が想像した通りの見当で聞こえた。けれどもその声のうちには怖らしい何物をも含んでいなかった〉。「怖い」と言うのに、声は全然怖そうじゃない。

いとう――だって起こした側だからさ。

奥泉――そう、そうなんだよ。テキスト論的にはこの人が停電も暴風雨も起こした側だから。

いとう――当然驚かない。

奥泉――前に『若きウェルテルの悩み』を漫談で話したとき、*ウェルテルが激しく落ち込んで町に戻ってくると、嵐が来て、美しかった町がひどいことになるのは、ウェルテルのせいなんだと指摘しました。あれと同じです。嵐も停電も直が引き起こしたようなもの。で、帰れなくなった二人は、旅館にとどまることになる。

〈「姉さん」／嫂はまだ黙っていた。自分は電気燈の消えない前、自分の向うに坐っていた嫂の姿を、想像で適当の距離に描き出した。そうしてそれを便りにまた「姉さん」と呼んだ。／「何よ」彼女の答は何だか蒼蠅そうであった。／「いるんですか」／「いるわ貴方。人間ですもの。嘘だと思うなら此処へ来て手で障って御覧なさい」〉。

いとう――ああー、もう手なんて触れないよ。

奥泉――〈自分は手捜りに捜り寄って見たい気がした。けれどもそれほどの度胸がなかった。そのうち彼女の坐っている見当で女帯の擦れる音がした〉。

いとう――やばいね。ささささ。いい音なんだよね。

奥泉――二郎はうろたえます。「下女が浴衣を持って来たから、着換えようと思って、今帯を解いているところです」とか言われちゃうからね。

いとう――どうしていいかわかんないだろうしね。着替える料簡がわかんないし。

奥泉――すると下女がカンテラを持ってきて、二郎はお風呂に行く。逃げたんですね。で、このあとも、まだまだいいシーンがある。一瞬だけ電気が点くの。

いとう――そこで相手が見えるわけですね。

奥泉――でもまたすぐ消えちゃう。するとここからが面白いんです。〈自分は電気燈がぱっと明るくなった瞬間に嫂が、何時の間にか薄く化粧を施したという艶かしい事実を見て取った。電燈の消えた今、その顔だけが真闇なうちに故の通り残っているような気がしてならなかった〉。

いとう――すごいよね。インカムで、**「照明さん、お願いします！」**って、もっかい電気をつけてあげたい。でも、暗いのにどうやって化粧したんだろう？　俺だったらお正月にやる、福笑いの顔みたいになっちゃいそう。

奥泉――で、直接聞く。〈「姉さん何時御粧したんです」／「あら厭だ真闇になってから、そんな事をいいだして。貴方何時見たの」〉この場面には下女がいるんですね。〈下女は暗闇で笑い出した。そうして自分の眼ざとい事を賞めた〉。

いとう――でも、ただクリームをぬっただけなんだって。〈白粉なんか持って来やしないわ。持って来たのはクリームよ、貴方〉とか言われて。僕も読んでて、がっかりしたもん。**なんだ、テ**

＊　二〇一五年八月の文芸漫談（於北沢タウンホール）で取り上げられた。

カテカしてただけかよって。

奥泉――まあでも、このへんで完全に二郎は直に持っていかれてます。

いとう――俺たちもじゃん！　このシーンばっかりしゃべってて、全然前に進んでない！*

奥泉――まったくだ。このシーンの最後は、**〈真黒な空が真黒いなりに活動して、瞬間も休まないように感ぜられた。自分は恐ろしい空の中で、黒い電光が擦れ合って、互に黒い針に似たものを隙間なく出しながら、この暗さを大きな音の中に維持しているのだと想像し、かつその想像の前に畏縮した〉**。

いとう――名文ですよね。自然を書かせたら、もうすごいから。『行人』はものすごく雨が降る。いろんな日に雨が降って、「どどんどどん」とか「じんじん」とか「ぽたりぽたり」とか、**重要なときにくり返しの表現が使われる。**漱石の胃もじんじんしてたのかな。ともかく、漱石がリズムというか身体的に書いていることがわかる気がします。文章からも、身体性が伝わるんですね。

◉色濃い神話的イメージ

奥泉――彼らは嵐の音で眠れません。母と兄はどうしているのか。津波に巻き込まれていないか。すると直は、津波が海辺一帯をかっさらうなら、その光景が見たいと言い出します。そして死ぬのは平気だと。

〈「妾死ぬなら首を縊ったり咽喉を突いたり、そんな小刀細工をするのは嫌よ。大水に攫われる

とか、雷火に打たれるとか、猛烈で一息な死に方がしたいんですもの」〉。

いとう――ここ、伝統芸能に出てくる狂女の感じがある。

奥泉――一晩を共に過ごして、いちおう二人の間には何もなかったことになっています。でも、二郎の一人称語りですから嘘をつくことも可能。直が蚊帳の中で寝ていて、二郎が蚊帳の外で煙草を吸っているシーンがあるでしょう。二郎さんと呼びかけられて、〈**貴方其処で何をしていらっしゃるの**〉〈**煙草を呑んでるんです**〉と答える何気ないセリフのやりとりがある。さっきの津波に攫われたい云々の話のあとに二人のやりとりがあって、〈**姉さんは今夜よっぽどどうかしている**〉と二郎は言いますが、そこから煙草までの間に、なにかあったんじゃないかという気もします。別にあってほしいわけではないけど、あってもいい。

いとう――なんにしても二郎は完全に直に支配されましたね。

奥泉――ですね。さて明けて、次の朝。二郎は兄に報告をする義務が残っていることに混乱します。そのときの天候はといえば、〈**空が蒼々と晴れてしまった**〉。

いとう――自然そのものだもん、直は（笑）。

奥泉――このあとの展開を要約すると、何事もなく二人は戻り、四人で東京に帰ります。寝台車に乗って帰るんだけど、男二人が上段に寝て、自分の真下にはお義姉さん、兄の下にはお母さんが寝ています。〈**自分は暗い中を走る汽車の響のうちに自分の下にいる嫂をどうしても忘れる事が出来なかった。彼女の事を考えると愉快であった。同時に不愉快であった**〉。

＊　こういうことは文芸漫談ではよくある。（奥泉）

いとう——恋ですよ、恋！　愉快不愉快は恋でしょ、それ。

奥泉——〈何だか柔かい青大将に身体を絡まれるような心持もした〉なんていうふうにも言ってる。

いとう——

女＝蛇＝水の「道成寺」的な図式？

奥泉——〈兄は谷一つ隔てて向うに寝ていた。（中略）そうしてその寝ている精神を、ぐにゃぐにゃした例の青大将が筋違に頭から足の先まで巻き詰めている如く感じた。自分の想像にはその青大将が時々熱くなったり冷たくなったりした。（中略）兄の顔色は青大将の熱度の変ずる度に、それからその絡みつく強さの変ずる度に、変った〉。いいねえ、ここ。

いとう——いいのかな？　怖い。

奥泉——直は蛇なんですね。そして雨を呼び、波を呼ぶ、**水神**でもある。

いとう——ああ、僕たちの『行人』の読解だと直は水神であり、蛇でもある。

奥泉——たしかに神話的イメージは色濃い。実はこのあと、直はそんなに出てこない。だから小説としてはつまらなくなっちゃう（笑）。

いとう——ははは、そうだね（笑）。

奥泉——一郎、それも一郎の苦悩に、話の中心がシフトしていくんです。

いとう——一郎の主観からしたら、彼は彼ですごく苦しんでいたと。狂人のように言いましたが、彼も好んで精神を崩壊させてはいない。

奥泉——そして最後にHの手紙が出てきて、全体を哲学的な問題として捉えようとします。人の心がわからない。人の気持ちが見えない。この問題をどうしたらいいか。解決できない彼の苦しみとともに小説は収斂(しゅうれん)していく。一方で、直には神話的なイメージが残る。

いとう――近代vs前近代みたいな。

奥泉――ですね。**二人はテキスト的にもコミュニケーションが成立し得ない間柄**だってことですね。ディスコミュニケーションの問題は、漱石の小説に必ず出てくる問題で、ここではそれが正面から問われている。ただし、『行人』ではまだ十分に展開されていない。そこを本格的に掘り下げるのは、三人称多元で書かれる『明暗』に譲ることになる。

いとう――ああ、なるほど。三人称だと相手の心にも入っていける。語りの位相が違うんですね。

奥泉――『明暗』では、人間関係を多角的、多層的、立体的に小説化していきます。

いとう――ここからあとの『行人』は、一郎とHが二郎に頼まれて旅行に行きますよね。僕がちょっと感じたのは、Hが椅子の上に胡座(あぐら)をかいて人を迎えたりする、柔らかいような人だなということ。ちょっと恰幅(かっぷく)のいいイメージで、その人といると兄はわりと安定的なんです。もともと漱石は自身の神経症を治すために小説を書いたということは、『吾輩は猫である』を読むとわかります。僕はね、**H氏が猫なんじゃないかと思う**よ。

奥泉――ほお！

いとう――漱石は、結局神経症をずっと治したいと思ってる。狂人は自分でもあるんです。妻とディスコミュニケーションで、爛(ただ)れるような思いをしている兄を、**猫の立場からH氏は見守ろうとする**。そこに、死ぬか狂うか宗教に入るかって格闘してる漱石自身の姿も感じます。

奥泉――なるほど、なるほど。面白い意見ですね。

奥泉――いちおう駆け足で小説の最後まで言うと、旅先からHの長い手紙が二郎の元に届きます。

手紙が最後に読まれて終わる。この小説が変なのは、二郎は兄に対する態度を懺悔するんですよ。〈自分は今になって、取り返す事も償う事も出来ないこの態度を深く懺悔したいと思う〉。

いとう——まるで死んだ人みたい。

奥泉——僕も最初に読んだとき、そう思いました。だって回想だから。お兄さんを救うことができずに、深く懺悔したと。でも、違うんだよね。手紙が来て、そこで終わり。

いとう——うん、時間でいえば通り過ぎてます。

奥泉——語りの構造が破綻してる。だから本当は、この先に兄が死ぬところまで書く構想があったんじゃないかと推測します。

いとう——なるほど。『こころ』では殺したみたいに。

奥泉——まだまだ話したいことがある小説なんだけど、時間が来てしまいました。僕たちはおもに直のシーンを中心に読んだんですけど、ぜひ最後まで読んでくだされば。

いとう——なんでこのタイトルなのかも不思議な感じでしたね、もっともっと読める小説ですよ。

『坑夫』

プロレタリア文学の先駆け

二〇一六年五月二一日
神奈川近代文学館

『坑夫』…内容地味だし読むモチベーション全然高まらない…

この本どんな人が読んでるの?

確か村上春樹『海辺のカフカ』の主人公が読んでるぞ

村上春樹!?

…よしっ読むか!

わかりやすくミーハーだな…

一九〇八年（明治四一）に発表された長編小説。
島崎藤村の原稿の穴を埋めるため、『虞美人草』『三四郎』の間に
「朝日新聞」に連載された、職業作家・漱石としての二作目。
東京の裕福な家に生まれた十九歳の主人公は、女性をめぐる葛藤から家出をし、
ひょんな出会いから銅山での坑夫を志す。他人から聞いた話を元にした、漱石の中でも異色の作品。

奥泉——今回の文芸漫談は、神奈川近代文学館へ出張してきました。

いとう——漱石没後百年にあわせた、「100年目に出会う　夏目漱石」展の関連イベントです。奥泉さんはこのイベントの関係者だそうで。

奥泉——いちおう監修をやりました。

いとう——でもさっき係の人に「事前に展示を見られますか」って聞かれたのに、**弁当食べることを優先**したよね？

奥泉——え？　あ、いや、それはお腹が減っていたからであって、空腹では文芸漫談は無理だから。というか、本番に集中しようかと。なにしろ今回は『坑夫』ですからね。こういう機会じゃないとできないから。

いとう——僕も奥泉さんもこの小説がほんと好きだけど、かなりマイナーだから、これまで取り上げるには至らなかった。

奥泉——だから神奈川近代文学館で漫談を、と言われたとき、よし『坑夫』だ！と。

いとう——漱石ハードコア。ここでやらなかったらどこでやるんだと。

奥泉——ところで、僕は埼玉県に長く住んでいたんですが、埼玉の反対概念は横浜なんですよね。

いとう——あ、横浜が埼玉の裏なの？　神奈川じゃなくて？

奥泉――神奈川じゃない。あくまで横浜。

いとう――重さのつり合いがそうなってるわけね。

奥泉――僕は横浜には数えるほどしか来たことがないんだけど、来るたびになんだかドキドキする。埼玉の人間だとバレるんじゃないかと。下町の人であるいとうさんはどうですか?

いとう――たまたま昨日も、横浜の駅前にあるライブハウスで行なわれた友達のバンドのライブに、僕、ゲストで呼ばれたんです。独特の客層で、ああ、ハマだなあ!って思いました。ベレー帽を被った白髪のお爺さんが、ポエトリーリーディングに「ブラボー!」とか言ってくれて。ブラボーって言われたことある?(笑)あとでその人は、「やっぱりいとう先生はお米を食いますか?」って周りに聞いてたらしい。お米だとパワーが違うって(笑)。

奥泉――意表を突く質問だ。

いとう――ここには独特な文化圏が今もってあるなあって、実感しましたね。

奥泉――そんな横浜で、『坑夫』が漱石の作品群にどう位置づけられるかを含め存分に語ってみたいと思います。

◉「さん」付けの日本語技法

奥泉――『猫』『坊っちゃん』『草枕』『三四郎』『門』『行人』……とこう数えていくと、漱石には長編と呼べる作品が十五作ある。

いとう――『吾輩は猫である』でデビューした三十代終わりからわずか十年ほどで、これだけ書く漱石の才能。

奥泉――突然ですが、**ここで問題です！**『猫』『坊っちゃん』『草枕』『坑夫』『行人』『こころ』に共通していて、それ以外の作品とは区別できる特徴があります。それはなにか。わかったらえらい。

いとう――あ、あ、あ……。今言ったのは、一人称の小説ですね。

奥泉――正解！ さすがですね。一人称は『猫』の「吾輩」とか『草枕』の「余」とか『こころ』の「私」とか、いろいろありますが。『坑夫』は「自分」という一人称。この人称ということを考えていて、漱石の書き癖みたいなことに気がついたんで、ちょっと発表してもいいですか。

いとう――はい、聞きますよ。

奥泉――三人称小説に注目してみます。三人称で自由に人物を動かし書くスタイルは、いわば近代小説の花形、王道です。でも、いとうさんも僕もよく言うように、三人称って嘘くさくなって、書きにくいよね。

いとう――一人称のほうがリアリティを確保しやすい。「私はこう思った」と書き続けるうちに、読者もそれに納得してくれるから。でも「○○は思った」と書くと、「それ、誰よ問題」が出てくる。いつまでも作りものっぽいんだよね。

奥泉――嘘くささがもっとも強く発動される瞬間は、視点人物が物語で最初に登場するとき。たとえば、公園に雨が降っていて、ベンチの脇に置き忘れた自転車が濡れそぼっている。紫陽花（あじさい）が満開で、水たまりに葉から水滴が繰り返し落ちている……。

いとう――まだ出ない？

奥泉――すると紫陽花の傍に一匹の黒犬。犬は濡れた地面をしきりに掻いて穴を掘ってる。ヨウコは犬の様子をじっと見ていた……。**誰だよ?! ヨウコって。**

いとう――これがきつい。まだ、「女は犬の様子を見た」とか書いといて、通りがかった人から、「あら、ヨウコさん」と呼びかけられるほうがマシ。いろいろ嘘くさく見えない工夫するもんです、作家は。

奥泉――ですね。その工夫の例として二つ挙げたいんですけど、実は漱石はそれらを先取りしています。ひとつ目の方法は、人物を冒頭からいきなり出すという方法。雨に濡れそぼった自転車がどうのこうとか書かない。たとえば『道草』は、**〈健三が遠い所から帰って来て〉**と始まります。もう有無を言わせません。

いとう――わ、なるほど。相撲でたとえれば、**猫だまし**だ。いきなりで読者があっ!と思った時には話が始まっている。

奥泉――『彼岸過迄』もそのタイプ。**〈敬太郎はそれほど験の見えないこの間からの運動と奔走に〉**。いきなり敬太郎。『門』は**〈宗助は先刻から縁側へ坐蒲団を持ち出して〉**。要するに、小説の頭から名前を出しちゃうんです。『野分』もそう。

いとう――読者に疑う間合いを与えないんだね。

奥泉――冒頭ではないけど、第一センテンスに主人公の名前が登場するのが『それから』です。**〈誰か慌ただしく門前を馳けて行く足音がした時、代助の頭の中には〉**。『明暗』も、**〈医者は探りを入れた後で、手術台の上から津田を下した〉**。

いとう――いちばん嫌なことを先にやっちゃう。押し切っちゃう。

奥泉――そう、押し切りの方法。これは実は三人称小説だけでなく、一人称の作品にも見られます。『こころ』は、〈私(わたくし)はその人を常に先生と呼んでいた〉。

いとう――そっか。『吾輩は猫である』も、冒頭が〈吾輩は猫である〉だもんね。

奥泉――『行人』も〈梅田(うめだ)の停車場(ステーション)を下りるや否や自分は〉で始まる。逆に一行目に出てこないのはどれかなと探すぐらい、このパターンをよく使ってる。で、二つ目の工夫の方法は、視点人物に敬称を付けてしまうという手。

いとう――ああ、「ヨウコさんは」と書くのか。今回の『坑夫』にも出てきますよね。

奥泉――「ヨウコさんは犬の様子をじっと見た」。急に違和感がなくなりません？　「ヨウコさん」と語り手が呼ぶことで、人物との距離感を提示できる。「ヨウコちゃん」でも「ヨウコ様」でもない、「ヨウコさん」の距離感を持つ人物の語りと認識されます。

いとう――嘘くささの根本には、書いてる人は誰なの、という問題があって。作家は隠れたつもりなのに、読者に気づかれるのが嘘くささ。でも「ヨウコさん」と書けば、書いている人の存在を逆に隠さずに示しつつ、ヨウコさんへの注目を誘う。

奥泉――そう。うっすら語り手の影がよぎる。「さん付け」手法は現代作家もよく使っています。高橋源一郎さんや江國香織さんも得意。漱石の三人称小説には、主人公が一行目には出てこない作品が三作あるんですが、うち二つは「さん付け」なんです。

いとう――なるほど。

奥泉――『二百十日』が、圭さんと碌(ろく)さん。『虞美人草』は、甲野(こうの)さんと小野さん。「いきなり出す」と「さん付け」で、漱石は三人称の違和感をやり過ごしてきたんですね。例外的なのは『三四郎』で、三四郎の名前は三行目くらいで出てくる。端境期かも。

いとう――『二百十日』と『虞美人草』はキャリアの前半の作品。『三四郎』で折り返しだから、後半の作品は開き直って、名前をいきなり出し始めたのかな。

奥泉――「さん付け」にもやっぱり違和感があったんでしょうね。

いとう――『源氏物語』でもなんでも、敬語表現だけでそれが誰の行動なのかを指示するのが、日本語文芸の伝統。逆に言えば、どの立場の人間が書いているかが敬語を見ればわかった。でも近代文学では敬語をなくしていかなければならない。そのはざまで葛藤したのが漱石。

奥泉――漱石は小説家になる前に、小説をよくよく研究している。『坑夫』にも、小説とは何かという問いが強く出ています。*

いとう――漱石の小説には「小説」という言葉がよく出てくるので、それだけ全作品から書き抜いたことがありますけど、中でもしつこいのがこの『坑夫』ですね。メタ小説的な視点がある。

奥泉――最後が特にすごいよね。〈**そうしてみんな事実である。その証拠には小説になっていないんでも分る**〉。これがラストのセンテンスですよ。読むほうからすれば、えっ、小説になってないんだ?!

いとう――距離を取りながら小説を書く知性の表れ。と同時に、最後まで行くと、ここでいう「小説」がなにか、わかるはずです。

◉主人公がいくら死にたいと言っても、死なない

奥泉——よく知られた執筆事情ですが、朝日新聞社に入社した漱石は、文芸欄の責任者になります。連載小説を依頼するのも彼の仕事。で、連載を予定していた作家が書けないと漱石に泣きついてきた。島崎藤村っていう人なんだけど（笑）。しょうがなく、『虞美人草』に引き続き、自ら書き始めたのが『坑夫』。

いとう——ピンチヒッターですね。つなぎ。

奥泉——急につないだにしては、いい小説だと思いません？　僕は好き嫌いでは『猫』がいちばん好きだけど、作品評価では『草枕』*『明暗』『坑夫』が『猫』と並んでいいと思っていて。

いとう——僕も『坑夫』はランクインしちゃうな。構想も練ってないだろうにピンチヒッターで書き始める。スピード感がすごいです。

奥泉——いとうさんと僕が考える小説というものにいちばん近いのが、『坑夫』なんだよね。つまり僕らの小説の定義は、「なんじゃこりゃ！」と思わず言いたくなるようなもの。漱石の中では『坑夫』がもっともポストモダン**だといえるかもしれない。

いとう——ストーリーもほぼないよ。坑夫のところに雇われに行き、でも働き始める約束もないまま坑(あな)に入らされて、なんとか戻ってくる。そこで、ぷつっと終わる。物語的な起承転結とか一切なし。

*　『草枕』とならんでいちばん出ているかも。（奥泉）

**　ここでは近代小説の諸様式(スタイル)が出揃った後で、小説らしい小説のかたちから脱しようとする志向をそう呼んでみました。（奥泉）

奥泉――過激に反物語的。『草枕』はアンチ物語を真正面から打ち出した作品だけど、『坑夫』のほうが**反物語のエッジが効いてる**気がする。

いとう――漱石はヒュームというイギリスの哲学者を研究してたじゃない？　僕もヒュームが大好きなんだけど、つまり人間は一定の枠組みの中にいるひとつの存在じゃなく、いろんな思考にぴょんぴょん飛んでるのを、たまたま束ねてひとりということにしているというのが、ヒュームの人間論。『坑夫』はまさにそれで、どんどん気が変わるのが人間だ。だから小説もどんどん場面が変わる。これでいいのだ、と！

奥泉――なるほど。じゃ、具体的に見てみましょう。

〈よく小説家がこんな性格を書くの、あんな性格をこしらえるのと云って得意がっている。読者もあの性格がこうだの、ああだのと分った様な事を云ってるが、ありゃ、みんな嘘をかいて楽しんだり、嘘を読んで嬉しがってるんだろう。本当の事を云うと性格なんて纏ったものはありゃしない。本当の事が小説家などにかけるものじゃなし、書いたって、小説になる気づかいはあるまい。本当の人間は妙に纏めにくいものだ〉

いとう――ここにはっきりと書いてあるように、きわめて**ヒューム的*な分裂的**な小説です。

奥泉――こう言えばわかりやすいかな。つまり当時は――今もそうだと言えるけれど――キャラクターが登場しそれらがドラマを生み出していく物語を小説と呼んでいた。それに対して漱石はそういうものだけが小説ではない、自分は書かないとはっきり宣言する。

いとう――江戸戯作の流れを汲んだ小説では、情に脆い人とか酒に弱い人とか、そうした画一的な人物がコマになり、勧善懲悪の物語を進めていく。でも人間はそんな一面的ではないだろうと漱石も考えてるんだね。でも今も小説の評価軸で、一貫性のある人間が描けているとか、女がよく書けているとか言いたがる評論家がいる。お前になにがわかってるんだと。女性も抗議していいと思うよ。

奥泉——女が書ける書けないっていうあれ、なんなんですかね。漱石はそういう意味ではアバンギャルドだった。

いとう——アバンギャルドだけどわかりにくくもない。『坑夫』の出だしは、〈**さっきから松原を通ってるんだが、松原と云うものは絵で見たよりも余っ程長いもんだ**〉。この面白い勢いのまま、主人公はただ歩き続けます。

奥泉——ナレーション（語り）について指摘しておくと、普通物語は——英語の小説だとはっきりしているけど——過去形で叙述される。でも「昔々、お爺さんとお婆さんがいました」というのは、過去の事を書いているから過去形なんじゃなく、これからする話は今とは違う時間の出来事ですよ、という印として過去形が使われる。つまり、今の僕たちが生きる時間とは異なる時間の出来事だと示すこと。それが物語の大きな特徴です。しかし『坑夫』は主人公の十九歳の青年が家出をして、歩いている。そのことを、今の私——十九歳から年齢を重ね、さまざまな経験を経た私——が、注釈を与えながら叙述していく。現在と過去の時間をたえず往還し、出来事を分析するというこの構造には安定性がない。もっといえば「物語」にはなり得ない。

＊「小説のヒューム派」については、いとう『BACK 2 BACK』（佐々木中との共著・河出書房新社）内の短編にくわしく書いてありますのでチェックよろしく！（いとう）

いとう――たしかに、完結した過去の出来事としては描かれない。途中で、かなり未来の時点から、過去を回想していると読者はわかります。あ、死んでないんだなって。普通物語は、主人公が死ぬんじゃないかというサスペンスで読者を引っぱるけど、この小説はそんな欲深いことをしません。主人公がいくら死にたいとか言っても、死なない。こんなんで小説が成り立つのか、と発見があるよ。

奥泉――ちょっと不思議なナレーションなんです。

いとう――立脚点がゆらぐのよ。あれ、そこ突っ走っちゃうの、と何度も思った。もしかしたら、漱石の頭の中で整理されてない部分もあるのか。でもそれが僕にとってはリアルだし、面白かった。

奥泉――創作裏話として、漱石は実際に坑夫になった経験を持つ若者に話を聞いたらしい。つまり、取材している。坑道の底から這い上がるシーンの描写なんてものすごくリアルでしょ。でも、これは取材したから書けたわけじゃない。漱石が細部まで想像力を発揮して、場面にぐわっと入り込んでいるから書ける。漱石の全小説の中で、細部にもっとも想像力を働かせたのがこの小説だというのが僕の認識です。

いとう――実体験を持つ人がやって来て、いくら彼の話を聞いたところで、自分で語れるわけない。作家の想像力で迫ったんだね。『坑夫』では目の前にあるもの、匂いとかランプの光とかをものすごく接写したりします。文の良さ。

奥泉――そう、漱石の文の力がよくわかる。想像力と叙述の力がリアルな感触を読者に与えることに成功している。

◉プロレタリア文学の先駆け

奥泉――その前に童貞問題を片づけましょう。いとうさんは童貞文学研究家なんです。主人公が童貞か否かを判定して批評の礎とする。今回はどう？

いとう――確実に童貞です！　こんな思い詰めちゃってね。青春ですよ。かわいい。世界に自分のほかに生き物がいることが一切わからないこの童貞の感じは、三四郎とか、坊っちゃんっぽさもあります。なんせ、恋愛がらみで家を出ざるを得なくなり、没落。そこは『それから』の代助とも似てるけど、最下層まで没落したのはこの人だけですよ。

奥泉――代助は略奪婚という、当時では反社会的なことをしでかして上流階級からころげ落ちる。『門』の宗助が代助の「それから」だとすると、彼はひっそり暮らしている。でも、せいぜい崖下に住むぐらい。『坑夫』は崖の下まで掘っちゃってるからね。

いとう――そう！　ほとんど地獄の暮らし。漱石ですら「坑夫ごときが」みたいな差別意識をさかんに出して下層階級を描いていて、時代的な限界を感じますね。

奥泉――感じますね。主人公はどてらを着たポン引きに会い、彼に誘われて坑夫になりますが、声をかけられたときにこう思うんです。〈これが平生(へいぜい)ならこんなどてらから若い衆さんなんて云われて快(こころ)よく返辞(へんじ)をする自分じゃない。（中略）所がこの時に限って、人相のよくないどてらと自分とは全く同等の人間の様な気持がした〉。つまり普段は同等でないと思ってる。**ばりばりの階級社会**です。

いとう――八十章の終わりで、**〈生きて登って行く。生きると云うのは登る事〉**とあるんだけど、主人公の生命の話であり、人生の身分の上がり下がりのこととも読める。

奥泉――こんなふうに最下層を描く小説は当時ほとんどなかった。描かれるのはだいたい中流以上。ちょっと調べてみたところ、一八九三（明治二十六）年から九九年頃にいわゆる下層社会のルポルタージュがずいぶん出版されます。松原岩五郎『最暗黒の東京』とか横山源之助『日本之下層社会』とか。これらはスラム街の最底辺の人たちのルポです。しかしそのテーマを作家が小説として描くのは、プロレタリアート文学を待たないと出てこない。

いとう――じゃあ、『坑夫』は先駆的？

奥泉――そうなのかもしれない。ただ本当の意味で坑夫の姿を描いているかは、意見が分かれるかも。

いとう――坑夫の内面は描かれていると思う。身分ががくんと下がった若者が見た、最下層階級の生き方。育ちってなにか、考えさせられますね。

奥泉――『坑夫』の主人公が元は上流の育ちであることは、ポン引きのおじさんを親切な人だと考えるところにも表れている。

いとう――人がいいから。本当はだまされてるのに。

奥泉――これまでの労働経験を問われ、**〈働くにも働かないにも、昨日自宅を逃げ出したばかりである。自分の経験で働いた試しは撃剣の稽古と野球の練習位なもので、稼いで食た事はまだ一日もない〉**。野球の練習って労働じゃないよね（笑）。

いとう――そうそう（笑）。悲惨な話だからこそ、語り手のとるこの距離感が軽い調子になって、読者も読みやすくなる。

奥泉――対象との距離を離してみることでユーモアが出てくる。今の自分の視点からかつての自分を見るというのも、むろん距離の演出です。主人公は、坑夫になぜなろうとしたかをくどくど言いますよね。

いとう――三角関係のもつれがあって、もうこの世にいたくないんだと。

奥泉――なぜ坑夫がいいかというと、人がいないところで働きたい、死に近いところで働きたいという希望があるから。わけのわからない自己分析だけどね。

いとう――タナトス、死のほうへ。死を志向しつつ、生を選ぶと坑夫になる。

奥泉――早速〈坑夫は自分に取って天職〉とまで言い出しますよ。お饅頭を食べるシーンもおもしろいよね。

いとう――蠅がたかっているきたない饅頭をお食べと言われて、「えっ」。やっぱり今まではお坊ちゃんだった人だから。そんなお坊ちゃんが出奔した。普通の小説なら重要なポイントだから丁寧に書くはず。ところが変な書き方なんですよ。

奥泉――まず、〈実を云うと自分は相当の地位を有ったものの子である〉と。〈事の起りを調べて見ると、中心には一人の少女がいる。そうしてその少女の傍に又一人の少女がいる。この二人の少女の周囲に親がある。親類がある。世間が万遍なく取り巻いている。所が第一の少女が自分に対して丸くなったり、四角になったりする〉。意味わかんない（笑）。

いとう――線画のアニメが頭に浮かんじゃった。丸くなったり四角になったり（笑）。かなり過激な表現ですよ。前衛ですよね。

奥泉――〈然し自分はそう丸くなったり四角になったりしては、第二の少女に対して済まない約束を以て生れて来た人間である〉。

いとう――〈済まないと思えば思う程丸くなったり四角になったり〉ってさ、もっとちゃんと説明してほしいよ(笑)。

奥泉――〈仕舞には形態ばかりじゃない組織まで変る様になって来た〉。ここが、この小説でもっとも謎めいてると思う。丸や四角になるのは比喩としてまだわかるけど、体の組織まで変わるってどういうこと?

いとう――体の組織じゃなく、親類とかの組織じゃないの? 周りの町会とか。

奥泉――そうなの? 肉体の組織じゃないの?

いとう――SF映画みたい。超人ハルクなら、丸くなったり四角になってもおかしくないけど。あと、〈第一の少女の方で少しも已めてくれないで、無暗に伸びて見せたり、縮んで見せたりするもんだから、隠し終せる段じゃない〉。もう**麻薬でもやってるのか**、と(笑)。

奥泉――ニュ〜ンって伸びたり縮んだり(笑)。まあ、こうした具体的には語られないいきさつが、家出のきっかけだったたと。

〈その当時の、二人の少女の有様やら、日毎に変る局面の転換やら、自分の心配やら、煩悶やら、親の意見や親類の忠告やら、何やら蚊やらを、そっくりそのまま書き立てたら、大分面白い続きものが出来るんだが、そんな筆もなし時もないから、まあ已めにして、折角の坑夫事件だけを話す事にする〉。

いとう――むしろそっちを知りたいけどね、僕は(笑)。

奥泉――たしかにね（笑）。まあ要するに、許嫁がいるのに別の人に惹かれた、『虞美人草』的な事態ではないかと。
いとう――その恋愛のさまは『三四郎』や『それから』のテーマになります。
奥泉――でも『坑夫』ではそれはテーマにならない。とにかく坑夫になるところだけが書かれる。まずはポン引きに連れられて汽車に乗る。ここもかわいいよね。相手を親切な人だと思ってるから、もうここでいいです、なんて言っちゃって。
いとう――少年の冒険ストーリーみたい。人間を売ろうとしているポン引きは、逃げられるわけにはいかないと思ってるのに。このあたりは会話が生き生きとしていて、落語的です。
奥泉――**アイロニー炸裂**です。「御前さん汽車賃を持っていなさるか」と聞かれて、持ってないと言えなくなる。なぜなら、さっきひとりで行けると言った以上、矛盾してしまうから。こういう状況で体面を損なわず、ないと言うにはどうすれば、とかいろいろ考えます。最終的には、〈少しあります〉。
いとう――こういう気まずさ、普通の人間関係でも往々にしてあるよね。
奥泉――そして汽車を降り、二人で歩き始める。ここの風景描写はすごいですよ。夢なのか現実なのかわからない。駅を降りると一直線の道です。
〈左右の家並を見ると、――これは瓦葺も藁葺もあるんだが――瓦葺だろうが、藁葺だろうが、そんな差別はない。遠くへ行けば行く程次第次第に屋根が低くなって、何百軒とある家が、一本の針金で勾配を纏められる為に向うのはずれから此方まで突き通されてる様に、行儀よく、斜に一筋を引っ張って、何所までも進んでいる〉。

いとう――うまいなあ。『坑夫』の魅力はリアルなところはリアルな描写をし、さっきみたいに人間関係は丸くなったり四角になったりする。この町の描写もほぼ抽象。絵でいえば、抽象画とリアリズムの具象とが、主人公の気持ちの変化と同時に起きている。文も変わる。過激です。

奥泉――その交替が格好いいんですよね。夢幻の風景は筋とは関係ない叙述です。でもそのとき主人公が体感したに違いない鮮烈な風景を漱石は想像していく。

いとう――取材相手がこんな説明したはずないよね。「一本道だったんですよ、妙に」くらいは言ったかもしれないけど。僕、**大岡昇平の『野火』**[*]を思い出しました。極限状態でジャングルをうろついていると、男はさかんに抽象的な景色を見る。実際に人はものすごい状況に置かれるとああいう世界を見るかもって。

奥泉――『野火』では主人公が動物化して、火を恐れる獣みたいに動く火を見るシーンがあるけど、あそこはすごい迫力がある。やっぱり作家の想像力なんですよね。イマジネーション。細部を掘り下げていく目と俯瞰(ふかん)的に見る目の両方を備えている。もうひとつ、「赤毛布(あかゲット)」の例も挙げましょうか。

いとう――あ、いいキャラですよね。飯屋を見ていたら、妙にぽんと飛び出してくる、ほぼ動物みたいな人。忘れられない、あの人は。

奥泉――ポン引きがそいつに声をかけるんですが、さっき自分に言ったのと同じ調子なので、主人公は傷つく。

いとう――自分は選ばれた人間じゃなかったのか!って。でも赤毛布がどんな人なのかは抽象度が高めの描写だから、よくわからない。

奥泉――本物の下層で、飢えてきた人なんだね。主人公は彼と自分は同じなのかと傷つくけれど、この小説がおもしろいのは、〈**そうして吾ながら驚いたのは、どうも赤毛布と並んで歩くのが愉快になって来た**〉って思うところ。首尾一貫してないでしょう。赤毛布に対する評価がすぐ変わる。ひとりで行くより一緒に行けるほうがいいと思い直します。〈**忽ち赤毛布が好きになって**〉。

いとう――ギャグだよ（笑）。

奥泉――で、三人でひどくきたない芋を食べる段になり、主人公が食べられずに落とすと、赤毛布がひょいと拾って〈**この芋は好芋だ。おれが貰おう**〉なんて言ってがつがつ食う。芋のことを「エモ」って発音する、茨城出身の男なんですね。全然住む世界が違う。僕はこのへんがすごく好きですね。それから小僧も出てくる。

いとう――ほぼドラクエだよね。戦士！　僧侶！　武闘家！　小僧！

奥泉――一行は四人になり、山へ向かう。きりがないのでいちばん好きな箇所だけ紹介すると、四人は雲の上を行くんですよ。

いとう――ああ、あそこ。リアルと抽象が最後に溶け合いますよ。

〈**小僧が雲から出たり這入ったりする。茨城の毛布が赤くなったり白くなったりする。長蔵さんの、どてらが、わずか五六間の距離で濃くなったり薄くなったりする。そうして誰も口を利かない。そうして、無暗に急ぐ**〉。

奥泉――その後も〈**世界から切り離された四つの影が、後になり先になり、殖もせず減もせず、**

＊　二〇〇七年二月の文芸漫談（於北沢タウンホール）で取り上げられた。

四つのまま、引かれて合う様に、弾(はじ)かれて離れる様に、又どうしても四つでなくてはならない様に、雲の中をひたすら歩いた時の景色は未だに忘れられない〉。世界から切り離された四つの影って、すごい俯瞰の描写ですよね。

いとう——漱石は墨絵を手すさびで描きましたが、ここは山水画みたい。

奥泉——この四人がとても素敵な人たちみたいに見える。全然素敵じゃないのに（笑）。ポン引きにそそのかされて山を行くだけの描写が、距離の効果があってとても美しい。

いとう——〈自分は雲に埋(うず)まっている。残る三人も埋まっている。天下が雲になったんだから、世の中は自分共(とも)にたった四人(よったり)である〉。内面もないのにキャラが立ってきちゃう。『七人の侍』みたいだ。

奥泉——しかしこの素敵な四人組も、これ以上の活躍はせず、あっという間にみんないなくなっちゃう。このあと、赤毛布はもう出てきません。

いとう——不思議なことに、それでは小説にならないと主人公が言うよ。〈この一篇の「坑夫」そのものが矢張(やはり)そうである。纏まりのつかない事実を事実のままに記すだけである。小説の様に拵(こしら)えたものじゃないから、小説の様に面白くはない。その代り小説よりも神秘的である〉。脱小説。*

◉ドストエフスキー『地下生活者の手記』の漱石バージョン？

奥泉——そしていよいよ山に着きます。まず飯場頭に会うのですが、彼は人を見る目があるから、この人には坑夫は無理だろうと見抜かれる。帰ったほうがいい、帰るための金まで貸してあげると言われ……。

いとう――お坊ちゃんだもん。

奥泉――主人公も弱気になって、もういないポン引きに相談したいな、と甘いことを考えたりする（笑）。でも最終的に、自分はどうあっても坑夫になるべき運命だと。

いとう――ところがOKが出たら出たで、後悔するでしょ。人間くさいよね。

奥泉――ドストエフスキーの『地下生活者の手記』＊＊を彷彿させませんか？

いとう――あ、僕もそう思った！　自意識の発露が、『地下生活者の手記』の漱石バージョンっぽい。

奥泉――それで山です。周りの坑夫については、顔が怖いと。〈頬骨が段々高く聳えてくる。顎が競り出す。同時に左右へ突っ張る。（中略）小鼻が落ちる。――要するに肉と云う肉がみんな退却して、骨と云う骨が悉く吶喊展開するとでも評したら好かろう〉。

いとう――これが接写する描写の典型です。漱石のカメラは対象をアップで捉える。

奥泉――なんとか一日目は終了。手伝いのお婆さんからご飯をもらったりしますね。

いとう――この人の登場でほっとしません？　清だよね。うっすら清感が出るの。

奥泉――たしかに。漱石作品にとって、心優しい女中は欠かせない存在ですからね。いろんな作

＊　文芸漫談をやっていると、『坑夫』に限らず、夏目漱石が小説らしい小説というものに絶えず疑念を抱き、異和感を覚えていたことがよくわかります。（奥泉）

＊＊　二〇〇八年四月の文芸漫談（於北沢タウンホール）で取り上げられた。

品に神出鬼没。このお婆さんは**地獄における清**だ。

いとう——地獄ではまず、ジャンボーを見ます。片仮名でジャンボー。

奥泉——山の符牒なんだけど、早い話が葬式です。葬列。金盥を潰して薄っぺらにした、シンバル状のものを両手に一枚ずつ持って叩き、木やりを歌いながら死体を運ぶ。

いとう——ジャーン、ジャーンという音が読者にも聞こえてくる。人がどんどん死んじゃう環境の、変な夢のような抽象的な感触があり、一方で金さんという老人が寝たきりになっている。仲間の若者たちが「金さん、ジャンボーだ、見ろ！」って。こっちはリアルな描写です。

奥泉——無邪気の極みであり、残酷の極みでもあり。

いとう——悲惨といえば、南京虫ね。お婆さんに言われて布団を二枚借りて寝てみるけど、すぐに虫にやられちゃう。

奥泉——賀川豊彦の貧民窟のルポ*によると、南京虫に苦しんで自殺した人もいるらしいですよ。

いとう——そんなに！　でも眠れないんだからキツいよ。

奥泉——〈この青臭い臭気を嗅ぐと、何となく好い心持になる。——自分はこんな醜い事を真面目にかかねばならぬ程狂違染みていた。実を云うと、この青臭い臭気を嗅ぐまでは、恨を霽らした様な気がしなかったのである。それだから捕っては潰し、捕っては潰し、潰すたんびに親指の爪を鼻へあてがって嗅いでいた。すると鼻の奥が詰って来た〉。

いとう——なにやってんのよ！　そんなに嗅いで。しかもここ、「自分はこんな醜い事を真面目にかかねばならぬ程狂違染みていた」って、時制がよくわかんない。

奥泉——変だよ。「書かねばならぬ」は今だけど、今ここに南京虫はいないはず。

いとう――気が狂いそうなのは誰なんだと。でも奥泉さんが言った通り、作家が想像力の世界にいかに入り込んでいるかの証拠になってます。

奥泉――だからここに文句をつけちゃだめ。

いとう――結局横になれず、柱に寄っかかったまま、立って寝るはめに。

奥泉――そしていよいよ、初さんという人に案内され、坑道を見学します。一気に地獄巡り編になりますよ。

いとう――お尻に敷き布みたいなのを付けて、出発。ただ歩くだけじゃなく、這ったり、穴を抜けたり、登ったりしないといけない。

奥泉――初さんはなかなか曲者で、機嫌を取るのが難しい。でもあるとき、初さんが主人公の格好を見て「傘の化け物みたい」と言うから、そうですか、なんて真面目に返答したら笑ってくれた。なぜウケたのか、なかなかと分析を始めます。**〈偶然の事がどんな拍子で他の気に入らないとも限らない。却て、気に入ってやろうと思って仕出かす芸術は大抵駄目な様だ〉**。

いとう――芸術って！（笑）。

奥泉――**〈用意をして置いた挨拶で、この傘の化物に対する返事位に成功した場合は殆どない〉**。よほど挨拶が下手なんだろうけど、とにかく計算をしてもだめだと悟る。なのに**〈ただ困るのは演舌と文章である〉**って急に言い出すよ。

いとう――いつそんな演舌するほどエライ人間になったんだって話。びっくりする、ここ。

＊ 賀川豊彦『貧民心理の研究』（一九一五年、警醒社）

奥泉――〈いつかは初さんの気に入った様な演説をしたり、文章を書いて見たい〉。

いとう――時制がおかしいだけでなく、漱石自身を混じらせちゃってるんですよね。

◉生きろ！　死ぬために

奥泉――描写のクライマックスは、垂直の坑を梯子で上がるシーンでしょうね。ここは丁寧に押さえましょう。今、底です。真っ暗な中、カンテラを持っています。で、もう帰ろうとしている。さっき下りて来たときも大変だったけど、上がるほうがもっと大変だと言われ、とりあえず休憩します。初さんはどっかに遊びに行っちゃった。え、こんな穴底でどこに？って感じだけど。

いとう――真っ暗な中、ひとりっきりになっちゃう。

奥泉――主人公がもっとも死に近づいた瞬間です。座っていると意識が希薄になり、消えていく心持になる。もともと消えたいから坑夫になったので、〈淡い喜びがあった〉と言います。

いとう――また出た、死への欲動。

奥泉――〈もしこの状態が一時間続いたら、自分は一時間の間満足していたろう。一日続いたら、一日の間満足したに違ない。（中略）所が――ここで又新らしい心の活作用に現参した〉。これが生命力なんですね。〈こいつは死ぬぞと云う考えが躍り出した。すぐに続いて、死んじゃ大変だと云う考えが躍り出した。自分は同時に、豁と眼を開いた〉。

いとう――ここ、めちゃくちゃ説得力ありませんか。納得がいくっていうか。人間はこういう一瞬で死んだり生きたりの分かれ道が決まるんだなと、よくわかる。

奥泉――「死ぬぞ」という声が聞こえる。神なんてものは嫌いなので、とにかくなにかの声です。それで生きなきゃだめだと奮い立ったところで初さんが帰ってきて、梯子を登り始める。すると、あまりにも大変なので、またむらむらと死ぬ気が起こる（笑）。

いとう――もうね、気が変わりすぎだよ（笑）。精神安定剤を飲んで落ち着いて！

奥泉――〈梯子の下では、死んじゃ大変だと飛び起きたものが、梯子の途中へ来ると、急に太い短い無分別を起して、全く死ぬ気になったのは、自分の生涯に於ける心理推移の現象のうちで、尤も記憶すべき事実である〉。

いとう――ここでも「死を転じて活に帰す経験」とか、わざわざ二ページほど分析してる。

奥泉――このときの心理を徹底的に省察しようってことなんだね。今死んでないのは、虚栄心が働いたからだと分析しています。〈梯子の途中で、ええ忌々しい、死んじまえと思った時は、手を離すのが怖くも何ともなかった。無論例の如くどきんなどとは決してしなかった。所がいざ死のうとして、手を離しかけた時に、又妙な精神作用を承当した〉。

いとう――かわいい。

奥泉――汚いところで地味に死ぬんじゃなく、派手に死にたいと思ったと。〈出来るならば、華厳の瀑まででも出向きたいなどと思った事もある〉。

いとう――華厳の、というのは、藤村操の自殺*が流行った、時代のファッションへの言及だね。

＊　一九〇三年、旧制一高のエリート学生であった藤村操が遺書「巌頭之感」を残して華厳の滝で投身自殺。当時の社会に大きな影響を与えた。漱石が一高で教えていたこともあり、作品にたびたび登場する。

奥泉——虚栄心が、〈ここで死んだって冴えない。待て待て、出てから華厳の瀑へ行けと云う号令〉を出した。つまり、もうちょっといい感じで死のうと思って、ここを耐える。

いとう——そして〈生きると云うのは登る事で、登ると云うのは生きる事であった。それでも——梯子はまだある〉と結ぶ、ちょっと、色紙持ってきてーと言いたいような警句ができるんです。

登ると云うのは生きる事。

奥泉・いとう——**「梯子はまだある」**！（笑）。

いとう——**生きろ、死ぬために！** 漱石のひとつのメッセージですね。小説の構造なんですよ。登るというのは生きることで、まだ梯子があるんだと。

奥泉——初さんにも褒められて。〈坑を出れば、すぐ華厳の瀑まで行くんだと思った。そうして立派に死ぬんだと思った〉。もうさ、矢でも鉄砲でも持って来いやの気分。

いとう——勢いづいてる主人公に、初さんはあきれて「てててて」って歌う。それを耳にして「てててて」のほうに行く。おかしいね。

奥泉——でも坑道が複雑だから、結局迷っちゃって出られなくなる。と思ったところに、まあこの小説で唯一小説らしい、自分でもそう書き込んでますけど、小説らしい登場人物が出てきます。それが安さん。この人は元知識人なんだけど、なにかの事情があって山にいるらしい。その安さんが自分に、こんな所にいるべきじゃないと説教してくれて、かすかに救いのようなものを感じます。

〈この人に逢ったのは全くの小説である。夏の土用に雪が降ったよりも、坑のなかで安さんに説諭された方が、余程の奇蹟の様に思われた〉。

いとう——「全くの小説」という表現、面白いね。

奥泉——偶然の出来事が起きる。小説ってつまり……なんだろうな。[*] とにかくアイロニーは感じられます。

いとう——ここまでばらばらの調子だったのが、ここから主人公が変わりそうな兆しが見えるでしょ。それが小説だって意味ですかね。[**] 分裂していることが漱石の主題だったけど、ここに来て統一されそうだもんね。

奥泉——漱石も、「あ、まとまってきちゃった」って思ったかも。で、安さんに説教されて、帰りの旅費を出してあげるとまで言われる。いいシーンです。ちなみにお金は断ります。すると安さんは〈「こりゃ失敬した」〉。

いとう——そう。尊厳を認めてくれてるんだよ。安さんかっこいいよね。

奥泉——〈堕落の底に死んで活(い)きてるんだ〉と安さんが言うのもかっこいいよ。それで、〈死ぬのは弱い〉と結論を得る。さまざまなことが解決した感じがします。ついでに言うと、普通の作家だったら、ここけっこういい感じのところだから、ここでエンディングにしたくない？　しかも表に出ると月が出ていて、〈路(みち)は存外明るい〉。ここで終わっていいよね。

いとう——うん、きれいな終わりに見えますよ。

＊　とにかく漱石は「小説」というものを、一貫して、徹底して疑っている。（奥泉）

＊＊　それまでは小説じゃなかったということになるけど、そういう回収されない描写の連続こそ、漱石がやりたかった「小説」なのだろう。（いとう）

奥泉――ところが漱石はその先まで書く。飯場に帰ってきて、良さそうな布団を選ぶんだけど、また南京虫に食われて、それがつらいといって泣いちゃうところまで。

いとう――強くなったようで、結局なにも変わってないっていうのがいい。

奥泉――翌日、坑夫になるための健康診断を受けに、道ばたのタンポポを愛でながら医者に行く。すると、気管支炎と診断される。

いとう――気管支炎ぐらい別に働けるんじゃ？と思ったけど、結核の下地だと。この時代の肺病は大変な病いですからね。

奥泉――がっくりくる。すると、行きはきれいだと思ったタンポポが全然美しくない。このへんの変化の速さがすごい。坑夫の顔もこないだまでは怖かったはず。でもそれが〈**醜くも、怖くも、憎らしくもない。ただの顔である。**（中略）**意味も何もない**〉。いきなり虚無になる。

いとう――結局、帳簿係を五ヶ月間やり、〈**自分が坑夫に就ての経験はこれだけである。そうしてみんな事実である。その証拠には小説になっていないんでも分る**〉。

奥泉――東京へ帰ったんですね。実にあっさりした終わり方です。

いとう――ただその数ページの間には、名調子の景色やたんぽぽの描写があります。この物語ではなくて、「事実」を集めてくるという手法ね。『坑夫』、やっぱり刺激的な小説です。漱石作品の中では異色作ですが、文の生々しい力にもびりびり来ました。

奥泉――やっぱり素晴らしかったよね。ぜひこれを機会に皆さんも読んでください。

おわりに――「漱石ランド」から愛をこめて

奥泉――「文芸漫談」は前にも二冊本を出してますけど（『小説の聖典（バイブル）』〈『文芸漫談　笑うブンガク入門』を文庫化に当たり改題〉、『世界文学は面白い。』）、今回の本は全部漱石作品の漫談を収録ということで、ちょっと特別なものがありますよね。

いとう――あらためて全部を通して読んでみると、意識はしていなかったけれど、僕ら独自の漱石論が確実にあったんだな、ということに気がつきました。ひとつ大きいのは、教科書に載っている偉い人だからって、勝手にカチンコチンになって漱石を読まないでよ、という気持ちは前面に出てますよね。

奥泉――ですね。それはもう本当に大きいよね。

いとう――**こっちを面白がらせてるんだよ、漱石は、**っていう。

奥泉――漱石は文豪ということになっちゃってるから、どうしても完成されきったひとりの作家のように読んじゃうんだけど、小説を丁寧に、というか、文芸漫談的に読んでいくと、漱石も創作の上でいろんな矛盾や、極端にいえば失敗や迷い、そういったものをすごく抱えて小説を書いていたということがよくわかるよね。

いとう――わかるわかる。なので、文豪・漱石とはいえ、明らかに構成がおかしいっていう小説がけっこうあるんですよ、『こころ』もそうだし。

奥泉――『行人』も。

いとう――『坑夫』も。

奥泉――『門』だって、そうとう歪だもんね。けっこう変なんだよね、漱石って。

いとう――変なんですよ。だからこの人が絶対的にうまくて絶対的に確信をもって書いたというんじゃなくて、パイオニアだし、実験家だし、冒険家なんだ、っていう見方ですよね。

奥泉――そういうことですね。僕はこの本の中だと『吾輩は猫である』が印象的です。僕は『猫』を何百回と読んでるつもりだったんだけど、今回あらためて漱石が作家になっていく場面に立ち合った感覚を得た。この本の中で語った、吾輩の猫が鼠を捕るところ。そこを紹介して僕らは話をしてるんだけど、ものすごくどうでもいい話に対して、熱い描写と自分がもってる言葉の力をものすごい勢いでぶつけてるんだよね。どんどん言葉が噴出してきてるという印象を受けるわけ。みるみる漱石が作家になっていってる、というか。

いとう――むくむくむくむくと起き上がって、途轍もない大怪獣になるみたいな。**『シン・ゴジラ』的なやつですね（笑）。**

奥泉――そうそう（笑）。漱石はずっと学者をやっていたし、俳句や漢詩をたしなんでいたから、文章とか言葉には慣れてはいたはずなんだけれど、でもやっぱり『猫』を書きながら小説というものを発見していったんだな、と。発見しながら漱石が小説家になっていったということが手に取るようにわかる。それが僕はいちばん面白かったかな。

いとう――最初の章なんかはすごく事件的で面白いんだけど、江戸の流れの戯作感がある。そこから近代の小説になっていく様がよくわかる。というか、混在している。これがやっぱり『猫』の魅力なんでしょうね。

奥泉――うん。これは貴重な気づきでした。

いとう――この本の中でも言ったけれど、漱石の作品は読むと自分が小説を書きたくなるんです。特に『猫』が強いなあ。実際に『猫』に関しては、パロディ本がいまだに多い。それは奥泉さんの高度なやつから、市井（しせい）のおじいさんおばあさんが猫が可愛くて書きたくなって書いちゃったやつも含めて、やっぱりこのクリエイティブなものを刺激してくる感じは独特のものがありますね。

◉アトラクション満載の「漱石ランド」

奥泉――『猫』だけじゃなくて、僕は今回読み直していちばん面白さを再確認したのは『門』ですね。

いとう――なるほど。かなり盛り上がったよね。

奥泉――『門』がこんなにも漱石のテクニックが光る作品だったことに、あらためて感心しました。昔は自分が選ぶ漱石作品ベスト5だと、『門』はランクインしていなかった。でもいまや上位（笑）。赤丸上昇中ですよ。

いとう――それはあの描写のところじゃないの？　「もう、参りました！」っていうレベルの、壁に影が当たる描写。何回書けばこんなふうに書けるんだろうって思うくらいのレベルなんですよね。

奥泉——ほかにも、過去についてのものすごく熱のある叙述と対比されるかたちで、淡々とした日常が描かれる、あの構成の素晴らしさはもういまやヒットチャートをぐいぐいと来てますよ。

いとう——やっぱり、文芸漫談は読むことと話し合うことによって新たなことがわかるというのがけっこう重要で。

奥泉——重要ですよね。『坑夫』も、漱石が言葉の力を思う存分解放しようとしているのがわかったな。気軽に書いたように見えるんだけど、そんなことはなくて、小説というものに対する批評を含め、ものすごく斬新な書き方がされている。

いとう——そうですね。現代文学っていう感じかな。

奥泉——『坑夫』も魅力をあらためて確認したな。

いとう——学校教育でも、漱石の『こころ』とかあんな悲惨な話をするなら、やった後に僕らがボケツッコミで出てきて、「僕らは『こころ』をこう読みました！」って文芸漫談までセットでやったほうがいいんだよね。そしたら生徒が笑う、友達が笑う、あるいは友達が「なるほど、そう読むんだ、あいつ」っていう、そこまで含めて文芸漫談としたいんですよ。この形式は意外に、ものを読んで発見するのにいい。やっぱり自分ひとりだと発見できないことが多いんですよ。

奥泉——そうだね。それは本当にそう。

いとう——けっこういいこと言っていても、自分ではその意味をわかってなかったりして。奥泉さんが「そうなんですよ！」と頷いてくれて、説明を二、三行でするると、「あ、俺はこんなことを言ってたんだ」って、そんなことが非常によくある。

奥泉——あるね。後で活字になって気がつくことも多いよね（笑）。結局その場その場でやって、どんどん過ぎ去っていくから省みる暇がない。面白ければそれでいいっていう基本方針があるから。でも考えたら、小説ってそういうことだから。

いとう——そうですね。面白くないんじゃまずいです。

奥泉——話にならない。

いとう——でもそれによって漱石のヘヴィなところ、主題の切り方とか、あるいは書き分け方みたいなものがよくわかった。だから、面白いほうにいくからといって、結果が軽いわけではないんですね。それは漱石の小説も同じ。面白く面白く書いてるんだけど、ただの娯楽小説じゃなくなるっていうのは一体どういうことなんだっていうことを、僕らもわかっていく過程がこの本に入っているのかな、この本には。

奥泉——そういうことですね。

いとう——だから、**あとは自分たちでやってください（笑）。**

奥泉——文芸漫談のようなことはそこかしこで起こるべきなんだよ。たとえば漱石でも、教科書のなかに閉じこめられるようなかたちで読まれるものではまったくなくて、対話の中で笑い声とともにね。

いとう——そう。先生が教えて生徒が習うっていう垂直軸じゃなくて、水平軸ね。友達同士とか気の合う同士で水平に漱石を語ることが重要で、今まで垂直で語られすぎてたんですよ、漱石先生は。友愛をもって語らないと、漱石に対して。

奥泉——だから「漱石ランド」だね（笑）。漱石ランドにはいろんなアトラクションがあるわけでさ。

いとう――そうそう。赤シャツが飛び出てくる時間もあるし。踊ったり歌ったり。

奥泉――**猫温泉もあるし**。ちょっとスプラッターな『こころ』アトラクションもある。

いとう――本当のスプラッターですよ。障子にバーン血が飛び散って。めっちゃ怖いから、あそこ。嫌な気持ちで出てくるんですよ、あのアトラクション。

奥泉――そういうのを本当に楽しくね、僕たちと一緒に遊んでほしいと思います。あと今回は活字で楽しんでいただきましたが、**やっぱりいちばん面白いのはライブ**だから。

いとう――それは僕も強調したい。やっぱりライブですよ！

奥泉――機会があったらぜひ生（なま）でごらんください。

いとう――これをライブでやってるわけです。しかも最後に奥泉さんがフルートを吹いて、僕が朗読してる。この変な終わり方（笑）。まだ取り上げていない漱石作品も、いずれぜひやりたいと思ってます。僕らは漱石を全部語っておきたいという気持ちが、今回すごく強くなったので。ぜひよろしくお願いします。お呼ばれもお待ちしています！　全国どこでも行きますよ。

奥泉――最後に、K企画の菊地廣さん、集英社の清田央軌さん、佐藤一郎さん、原稿の構成をしてくれている江南亜美子さんに感謝します。いつも舞台の表から裏からお世話になっています。

いとう――僕らの「文芸漫談一座」です。あと、今回この本を作ってくれた河出書房新社の坂上陽子さんにも一言感謝を。ではまたお会いしましょう。

初出

・鮮血飛び散る過剰スプラッター小説『こころ』
「すばる」二〇一四年一月号収録「文芸漫談 シーズン4 夏目漱石『こころ』を読む」

・「青春小説」に見せかけた超「実験小説」『三四郎』
石原千秋 編『夏目漱石『三四郎』をどう読むか』（河出書房新社 二〇一四年）

・猫温泉にゆっくりお入りください『吾輩は猫である』
「すばる」二〇一七年二月号収録「文芸漫談 シーズン4 夏目漱石『吾輩は猫である』を読む」

・ちょっと淋しい童貞小説『坊っちゃん』
「すばる」二〇〇八年一月号収録「文芸漫談 シーズン2 夏目漱石『坊ちゃん』を読む」
〈本書収録にあたっては底本として『世界文学は面白い。』（集英社 二〇〇九年）を使用しました〉

・反物語かつ非人情『草枕』
奥泉光 編『文藝別冊 夏目漱石』（河出書房新社 二〇一六年）

・人生の苦さをぐっとかみしめる『門』
「すばる」二〇一六年七月号収録「文芸漫談 シーズン4 in三川町 夏目漱石『門』を読む」

左記は、本書収録にあたって活字化しました。

・ディスコミュニケーションを正面から捉えた『行人』

・プロレタリア文学の先駆け『坑夫』

※本文中の夏目漱石作品の引用文は全て岩波文庫に拠りました。

いとう せいこう

一九六一年、東京都生まれ。早稲田大学法学部卒業。編集者を経て、作家、クリエーターとして、活字・音楽・舞台など、多方面で活躍。音楽活動においては日本にヒップホップカルチャーを広く知らしめ、日本語ラップの先駆者の一人である。八六年、アルバム『建設的』にてCDデビュー。著書に小説『ノーライフキング』『想像ラジオ』（第三五回野間文芸新人賞受賞）『存在しない小説』『鼻に挟み撃ち 他三編』『我々の恋愛』、エッセイ集『ボタニカル・ライフ』（第一五回講談社エッセイ賞受賞）、「文芸漫談」を活字化した奥泉光との共著『小説の聖典（バイブル）』『世界文学は面白い。』などがある。「したまちコメディ映画祭in台東」では総合プロデューサーを務める。

奥泉光（おくいずみ・ひかる）

一九五六年、山形県生まれ。国際基督教大学教養学部人文科学科卒業。同大学院博士前期課程修了。八六年、すばる文学賞の最終候補作『地の鳥 天の魚群』を「すばる」に発表しデビュー。著書に小説『ノヴァーリスの引用』（第一五回野間文芸新人賞受賞）『石の来歴』（表題作で第一一〇回芥川賞受賞）『「吾輩は猫である」殺人事件』『坊っちゃん忍者幕末見聞録』『神器—軍艦「橿原」殺人事件』（第六二回野間文芸賞受賞）『シューマンの指』『東京自叙伝』（第五〇回谷崎潤一郎賞）『ビビビ・ビ・バップ』、中高生向けの夏目漱石指南書として『夏目漱石、読んじゃえば？』（「14歳の世渡り術」シリーズ）などがある。

構成＝江南亜美子

漱石漫談

二〇一七年四月二〇日　初版印刷
二〇一七年四月三〇日　初版発行

著　者　いとうせいこう　奥泉光
発行者　小野寺優
発行所　株式会社河出書房新社
〒一五一―〇〇五一　東京都渋谷区千駄ヶ谷二―三二―二
〇三―三四〇四―一二〇一［営業］
〇三―三四〇四―八六一一［編集］
http://www.kawade.co.jp/

組　版　株式会社創都
印　刷　モリモト印刷株式会社
製　本　小泉製本株式会社

ISBN 978-4-309-02561-2　Printed in Japan